骨を彩《いろど》る

彩瀬まる

幻冬舎文庫

もくじ

骨を彩《いろど》る

指のたより

襖《ふすま》を引くと、和室には妻の朝子《あさこ》がいた。押し入れから冬服を詰め込んだ段ボールを取り出して、衣替えをしているところだった。

「ただいま」

呼びかけに振り返った妻は、黒目がちの目を輝かせて「おかえりなさい」と笑う。津村《つむら》は不思議な気分になった。衣替えは、先週だか先々週だかにもう済ませたのではなかったか。けれど、こうしてセーターだの保温下着だのが畳へ積み上げられているということは、もしかして開梱《かいこん》すべき段ボールを一つ見落としたのか。すまなく思って、そばへ座った。

「手伝おうか」

「だいじょうぶ、あとはこれをしまって、おしまいだから」

朝子はそばに積み上げた衣服の山から、きれいに畳まれたうす緑色のシャツを抜きだした。今年中学に入った娘の、学校指定の半袖シャツだ。夏には日焼けした腕にこの涼しい色合いがよく映えていた。ボタンが並ぶ表面をするりと撫《な》で、収納用の段ボールへ差し入れる。

ふと、違和感にかられて妻の右手を取った。飾り気のない、しっとりとした小振りの手だ。

マニキュアの塗られていない楕円の爪が血色よく光っている。手のひらにのせてその手を眺め、津村はああと息を吐いた。

妻の手には、小指が欠けていた。指の付け根に、皮膚に覆われた骨がほんのわずかな盛り上がりを残すばかりで、すらりとした指そのものは切り落とされたようになくなっている。彼女は、事故にでも遭ったのだったか。なにより、長い付き合いであるにもかかわらず、夫である自分が妻の抱える欠落に気づいてこなかったことを申し訳なく感じた。

小指があるべき場所に残った骨のとがりを慎重に撫でる。朝子は津村の動作を気にする様子もなく、穏やかな顔でさっさと段ボールの蓋を閉めた。

「防虫剤を、新しいのに替えなくちゃ」

言って、欠けた右手を畳について立ち上がる。

開いていたはずのまぶたが、もう一枚開く。寝室の見慣れた天井が視界いっぱいに広がった。

数年ぶりの妻の夢だった。まぶたの裏に、台所へ向かう彼女の、ふくらはぎの輪郭が残っている。

「母さんの夢、見たぞ」

朝食の途中にそう告げると、チョコがけのコーンフレークを口へ運んでいた小春《こはる》はスプーンを止め、ふーん、と気のない相づちを打った。

「なにかお告げっぽいこと言ってた？」

「いや、なにも。衣替えして、お前の夏物の制服をしまってた」

「なにそれ、変なの。お母さん、私の制服姿なんか見たことないのに」

「だから、ちゃんと見守ってるんだろうさ、お前を」

「どうだかね」

小春はさほど信じていない素振りで肩をすくめ、テレビの天気予報に顔を戻した。

食後、それぞれに皿を片付けて身支度を整える。家を出るのは、バスケットボール部の朝練があるのだという小春の方が早い。一年生は早めに登校してコートのモップがけをしなければならないらしい。制服の上にコートを羽織り、マフラーを口元まで引き上げた小春は、玄関口で津村へ振り返った。

「お母さん、パパと相川《あいかわ》さんの仲を妬いて出てきたんじゃない？」

いたずらを仕掛けるように唇の両端を持ち上げ、いってきます、と玄関の戸を押し開く。

黒い革靴から伸びたふくらはぎは、まるで子持ちししゃものように上部の筋肉が突き出ていて、まぶたに残る妻のふくらはぎとよく似ていた。津村はひげの剃り残しがないことを確認し、生ゴミ袋の口を縛ってからスーツの上にコートを着た。

部屋を出る間際に、ふと思いついて箪笥《たんす》の引き出しを開いた。保温下着も長袖の寝巻きもきちんと畳んで詰め込まれ、使われるのを待っている。衣替えはちゃんと先月のうちに済ませてあった。けれど、そうだ。確かに防虫剤の有効期限が切れていて、新しいものを買ってこようと思ったのだった。妻のお告げに感謝しながら引き出しを押し込み、ゴミ袋を提げて家を出た。

津村は都心にほど近い西武沿線の駅前で小さな不動産事務所を営んでいる。父の代までは地域に密着した個人経営の事務所だったが、時代の波にはあらがえず、津村が引き継いで数年も経たないうちに大手不動産会社とフランチャイズ契約を結んだ。従業員は営業担当の社員とアルバイトの事務員がそれぞれ二名ずつ。景気の変動に翻弄《ほんろう》されながらも、小回りのきく事業規模とベテランの従業員たちに助けられて、なんとか赤字を出さずにやってきた。

いつも通り事務所に一番乗りで出勤した津村はフロアのモップがけをし、夜の間に届いた顧客からのメールを順々に開いていった。トラブル対応など火急の用件がないことを確認して、今度は本社指示をプリントアウトする。八時を回り、出勤した事務の宍戸《ししど》さんがコーヒーをいれてくれた。もう五十近いだろう、地顔がむっつりとした無口な女性だが「親身になってくれる」と顧客からの評判は良い。温かいマグカップを受け取り、津村はありがとうございます、と礼を述べた。

「今朝は霜がおりてましたね」

「ええ。来る途中で、畑の野菜が凍ってました」

妙な夢を見たせいかも知れない。ふと、宍戸さんの右手に目を引かれた。ささくれの目立つ乾いた手だ。角質がこまかな鱗《うろこ》のように浮き上がり、ぶ厚い爪にはスジがいくつも入っている。人差し指に、大きな絆創膏が巻かれていた。

「指、どうかされましたか」

宍戸さんは絆創膏へ目をやり、ああ、と素っ気なく肩をすくめた。

「あかぎれで」

短く言って、彼女は席へ戻る。さぶいさぶい、と両腕をこすりながら若く賑やかな営業担当者が出勤して、事務所の一日が始まった。

津村の妻・朝子は、十年前に大腸がんで亡くなった。享年は二十九。不幸にも若さが病の進行を早める一因となった。発見されたときには周囲の臓器への浸潤《しんじゅん》が見られ、手の施しようがなかった。

病の辛さをあまり口に出さない女だった。頭痛をこらえてソファに横たわっている姿ばかりが印象に残っている。当時、父親の事務所を継いだばかりだった津村は一癖も二癖もある老舗《しにせ》の業者や、二代目のボンボンと舐《な》めてかかる取引先との関係作りに早朝から深夜まで奔走し、あまり病の妻をいたわることが出来なかった。

あるいは娘の言うことは正しいのかも知れない、と勤務を上がった帰り道、弁当屋で自分用の「キムチ焼肉弁当」と、娘が好きな「カロリー控えめ豆腐ハンバーグ弁当」の出来上がりを待ちながら思う。亡き妻は、夫が薄情にも新しい恋人を作ったことに腹を立てて、夢へ現れたのかも知れない。夢の中では妙なこじつけをしたものだが、妻はあくまで病気で亡くなったのであり、もちろん事故には遭っていない。指だって、棺に釘を打つ瞬間まで十本きちんと揃っていた。

そこまで考えて、津村は眉間にしわを寄せた。死者を解釈しようとすればするほど、彼女を冒瀆《ぼうとく》している気分になってきたのだ。妻は、自分にも他人にも厳しいところはあったけれど、けして誰かを恨むようなたちではなかった。そんな彼女を貶《おとし》めるような想像を、十年も経った今になって、わざわざしなくたっていいだろう。馬鹿馬鹿しい。

それにしても、夢で笑う妻はなつかしかった。小春の制服を撫でていた手つきを思い出すだけで、全身がじわりと温かくなる。

「津村さん、お待たせしました」

カウンターの裏から出てきた店員が、ビニール袋に入った出来たての弁当を渡してくる。店員の名札には「相川」と文字がプリントされている。相川光恵《みつえ》。年齢は、三十二歳だと聞いた。丸顔で、目尻に愛嬌のある笑いじわが二本ずつ入っている。二年前に夫と別れ、子供はないまま実家である弁当屋に戻ってきたらしい。彼女が来てからメニューに足されるようになった「日替わり炊き込みご飯にぎり」を津村が気に入り、足繁く弁当屋に通うようになったことが縁の始まりだった。

津村は礼を言って袋を受け取った。周囲に客がいないことを確認し、低めた声でささやきかける。

「土曜日、楽しみにしています」

光恵の休憩時間に近所の森林公園で水鳥を見る約束をしている。顔を上げた光恵はどこか照れくさそうな間を置いて、はい、とほがらかに頷いた。


うたたねから覚めると、同じこたつで妻がビールを飲んでいた。酔っぱらっているのか、目尻が赤い。

「小春は？」

聞くと、彼女はゆるゆると首を振ってテレビの画面を指差した。

「雪、降ってきたから。学校に泊まりだわ、こりゃ」

大粒の雪がざんざんと町を埋めていく。アナウンサーが言うところによると、積雪はすでに十メートルを越えたらしい。津村は起き上がってカーテンを開けた。庭へ面したガラス戸は白いもので埋めつくされていた。雪だ。この分では、建物ごとすっぽりと覆われているかも知れない。今頃、上空から見たらほとんどの家は雪に埋もれ、町は真っ平らな白い平原のように見えることだろう。

「雨戸、閉めればよかったな」

「そうね、寒いわ」

「しばらく外には出られないか」

「どうせ、こんな雪の日に物件を買おうなんて酔狂なお客は居ないわよ」

妻は鼻歌を歌いながら台所へ向かった。そこで津村は、自分が妻の実家にいることに気づいた。もうすでに義父母は亡くなり、妻の兄姉もみな別の場所にいるため、この家には誰も住んでいない。そうだ、正月の帰省で、墓参りがてら掃除をしに帰ってきたのだ。

「おい、この家、普段はからっぽだろう。こもるにしても、食料とかあるのか」

「ふふん。こんなこともあろうかと」

やけに得意げな声に誘われ、津村は妻に続いて居間を出た。年季の入った台所には料理好きだった義母の鍋やフライパンが見知らぬ昆虫の抜け殻のように積み上げられている。腰を屈《かが》めて調味料の並んだ食料棚をあさっていた妻は、しばらくして大量のチキンラーメンを取り出した。ほかにも魚の缶詰や梅干しなど、まとまりのない保存食を次々とテーブルへのせていく。

「あとね。ビールも箱買いしてあるから、だいじょうぶ。雪が解けるまで、一週間ぐらい飲んだくれていようよ」

妻の顔が、若かった。亡くなったときだって若かったけれど、出会ったばかりの二十歳前後の顔をしていた。黄金《こがね》色の光があふれるような笑顔だった。

朝子、と呼びかけようとして、津村は舌を止めた。

チキンラーメンの包みを持つ妻の右手には、三本しか指がなかった。

俺を恨んでいるのか、と言おうとしても、口が動かない。こんなににこやかに微笑む妻は、もしかしたら自分が三本指であることに気づいていないのかも知れない。なら、知らせない方がよいのではないか。そんな、突拍子のない思考が舌をにぶらせる。仕方なしに津村は三本指の妻を手伝って湯を沸かし、葱《ねぎ》を刻み、卵を落としたチキンラーメンを二つ用意した。こたつへ運び、満ち足りた気分でビールをあおる。

雪に閉ざされた家は静かで、こたつは温かく、妻は笑っている。がらんどうの家にめぼしいものはなにもない。隙間だらけで、それでもずいぶん幸せだった。

目を覚ました津村は、しばらく呆然《ぼうぜん》と天井を見つめた。妙な夢だ。十メートルを越える積雪って、なんだ。それに妻が亡くなったとき、まだ彼女の両親は存命だった。いつものことだけれど、夢は相変わらずわけがわからない。

ただ、背景がいくらでたらめでも、あれは確かに結婚したばかりの頃、自分と妻を包んでいた空気だ。見るものすべてが美しく、世界に対してなんの怖れも抱いていなかった。そんな輝かしい瞬間が、津村の人生に確かにあった。

寝台から腕を伸ばして通勤鞄をたぐり寄せる。革製の定期入れの、普段は使わない奥のポケットから古びた写真を引き出した。見るのは久しぶりだ。小春の一歳の誕生日に桜の下で撮った家族写真。若い妻は小花の散ったワンピースを着て、星のアップリケが付いたロンパース姿の小春を抱いている。

ああ、この笑顔だ、と薄甘い夢の余韻を嚙《か》みしめる。

コハクチョウが水しぶきをあげて冬の湖を切り裂いていく。湖の端に届くかというところで、純白の羽を開いて飛び立った。羽の眩《まばゆ》さと青空とのコントラストに惹かれ、ベンチに腰かけた津村は携帯のカメラを起動させた。そばに座る光恵も、デジタルカメラのシャッターを切っている。二人の間に置かれたタッパーには、まだいくつかのおにぎりとお新香が残されていた。おにぎりは、舞茸と里芋の炊きこみご飯だった。

「味が、いつも売ってるのと違うね」

「店の惣菜は、すべて父が味を決めているの。けど、家の食卓は母の味で、私もそれで育ったから、つい店の味つけよりも薄味にしちゃうんです」

食事を終えた後も二人並んで、水筒に詰めた温かいほうじ茶をすすりながら銀色の湖に群れる水鳥を眺めた。あれは、ホシハジロ、マガモ、と光恵はときおり岸に近づいてきた鳥を指差す。丸くなってうたたねしている一羽が、他の鳥の泳ぐ流れに押されて杭にぶつかり、どちらからともなく笑った。

「鳥の中にも、いろいろいるんだ。いつも周りを見て、カラスが来たら真っ先に飛び立つやつ。そいつが飛んだらつられて飛ぶやつ。危険がないと知ったら真っ先に寝るやつ」

「私、あの眠ってる鳥でした。いつもぼーっとしてて、友達の方がずっとしっかりしてた」

はにかみまじりに語る光恵の目元を見ながら、津村はへえ、と相づちを打った。光恵のまぶたがはらはらと淡く光っている。薄いピンク色のアイシャドウを付けているのだろう。同時に、津村は亡くなった妻のまぶたにはもっと色の濃い、金色や紫色のアイシャドウが塗られていたことを思い出した。

かつての妻は、真っ先に飛び立つ鳥だった。妊娠するまで化粧品メーカーの広報をしていた彼女は快活でフットワークが軽く、休日にはママ友達と一緒に子連れでも過ごしやすい場所を探し、積極的に出かけていた。彼女の存在はいつもみずみずしく、もいだばかりの果物のような爽やかさで家を満たし続けた。

休憩を終え、光恵はハンドバッグから一冊の文庫本を取り出した。

「最近は、こんなものを作ってみたんです」

本には紺色の千代紙で作ったブックカバーが掛けられていた。背表紙の部分だけ、まるで夜を照らす街灯の光のように黄色い紙が貼り足されている。光恵はこういった紙細工がずいぶん好きなようだ。メモ帳やペンケースにも花のかたちに切り抜いた紙片を貼り付けているのを見た。ちょっとお菓子がおいしくなるの、とチョコレートの箱を千代紙で覆って、楽しそうに食べていたこともある。女性らしい遊びだとも言えるのだろうが、千代紙を貼られた品々が放つねっとりとした空気の甘さが、津村は少し苦手だった。

「きれいだね、色のセンスも良い」

感心したように言って、文庫本を光恵の手に返す。彼女はにこにこと微笑むことをやめない。

千代紙貼りは、二年ほど前から始めた趣味だという。二年前、彼女は夫と離婚した。その時期の符合が、なおさら彼女の趣味を息苦しいものに見せているのかも知れない。

光恵は素敵な女性だ。ひかえめで、気遣いにあふれ、よく笑い、声も低くて気持ちが良い。週に一度は近所のテニススクールに通って汗を流しているとかで、体つきもほどよく均整がとれている。昭和のレトロな日本映画を借りて観るのも好きらしく、その趣味に関しては映画好きの津村と大いに話が弾んだ。きっと彼女と結婚すれば、休日には一緒になつかしい映画を観て、当時の時代背景や人物の描かれ方について語り合い、楽しい時間を過ごすことが出来るのだろう。

そこまで思っていても、津村が光恵との交際にアクセルを踏みきれない理由が、この、千代紙だった。押し寄せる色彩の群れからは、うっすらと病の匂いがした。

カラスの鳴き声をきっかけに、水鳥たちが一斉に湖面を蹴った。しぶきを上げながら羽を動かし、ゆっくりと空を旋回する。鳥たちの舞踏会を眺め、それじゃあ店番に戻ります、と光恵はベンチを立った。

別れ際、光恵は「よければ小春ちゃんに」と明るい桜色の千代紙で作った文庫本カバーを差しだした。津村は礼を言ってそれを受け取る。小春は前に津村を通じて受け取った千代紙の小箱を「なんか年寄り臭い」と鼻で笑い、けれど何か思うところでもあるのか、イヤリングや指輪などを入れて律儀に使っている。数ヶ月前に津村と光恵が親しく駅前を歩いているところを見て以来、娘は父親の恋にたいそう協力的だった。「老後のパパの世話、私一人じゃどうしていいかわかんないし」とさばけた口調で言って、どこか面白がるように肩をすくめる。男手一つで周囲を見回しながら育てた娘は、ずいぶんと大人びた性格に育った。津村は娘から学校や自分の成長に関する悩みをほとんど聞いた覚えがない。

小柄な後ろ姿を見送りながら、津村はふと、光恵が店番の時にいつも履いているスニーカーではなく、ヒールの付いたライトベージュのパンプスを履いていることに気づいた。

数日後、また妻の夢を見た。妻はソファに座って育児雑誌を読んでいた。ネクタイをほどいている津村に、「ねえ、蒸した人参をぐちゃぐちゃに潰してミルクと砂糖を混ぜたものって食べたいと思う？」と聞いてくる。津村が首を振ると肩をすくめ、「そうよねえ」と笑った。夢の中で、妻はいつも幸せそうに笑う。揺れのない、安定した幸福感を漂わせている。雑誌を押さえる右手の指は、二本だった。どうやってページを押さえているのだろう、と思う間もなく目覚ましが鳴った。

十二月半ばの週末に、津村は家の大掃除を始めた。風呂場のカビを取り、拭き清めたフローリングにワックスを掛け、網戸を水洗いする。娘の部屋は自分で掃除する取り決めになっているので、それ以外の部屋へ順々に掃除機をかけていく。

居間に安置している妻の位牌や写真立ても、きれいに拭いて並べ直した。リンや香炉を清め、最後に線香に火をつけて手を合わせる。

写真立ての妻は花のように微笑んでいる。これは確か、小春のお食い初めの時の記念写真を引きのばしたものだ。夢で出会う妻は、だいたい定期入れに忍ばせた家族写真の若く輝かしい笑顔か、もしくはこの遺影と同じ満ち足りた優しげな表情を浮かべている。発病する前の穏やかな日々。彼女の人生でもっとも幸福な時期だったことだろう。

短い人生だったけれど、きっと妻は精いっぱいに生き、悔いなく逝ったのだ。家族三人、幸せな時間がたくさんあった。彼女の遺伝子を受け継いだ小春は今日も元気に部活へ精を出している。それでいいじゃないか。それ以上の何を望むというのだ。

そう自分を納得させようとしても、津村にはどうしてもひっかかることがあった。妻の、欠けてゆく指だ。あれはなんなのだろう。指さえ欠けなければ、ただなつかしく幸福な夢として甘受することが出来るのに。霊現象などはこれっぽっちも信じていないけれど、もしかして本当に妻の霊がなにかを訴えようとしているのだろうか。まさか。妙な考えを打ち消して、片付けを続ける。台所の調味料を整理し、賞味期限の切れた食材を捨てる。ごちゃごちゃと棚の上に積み上げられていた雑誌やＣＤを片付け、ラックに入りきらない分は段ボールにまとめて押し入れへしまう。長らく見ないフリをしていた、ファイルと書類が山積みになった自分の机にも手をつけた。不要な書類を処分し、引き出しのスペースを作っていく。机の、一番下の引き出しの整理をしているときだった。ノートとノートのあいだに、朱色の小さな手帳が挟まっているのを見つけた。なつかしい。なんだっただろう、これは。けれど、たしか、大切なものだ。

表紙へ触れた瞬間、相川光恵の千代紙細工に触れた時と同じ、肌のそわつくような嫌悪感が指先から這い上がってきた。一瞬、ちりりとこめかみが痛む。読まない方がいい。そんな気がした。それなのに、指は勝手にページをめくった。

右上がりの丸文字が、ページ全体をびっしりと覆っている。好きな歌の歌詞や、詩や、小説からの抜粋。妻の手帳だ。妻には、好きな言葉を書き溜める趣味があった。後で読み返すことよりも、彼女は言葉を書くことそのものに執着していたように思う。暇さえあれば背中を丸めてボールペンを動かしていた姿が、今もまぶたに残っている。

亡くなったとき、彼女の手帳は三冊目に突入していた。形見分けにあたって、十代の彼女が綴《つづ》っていた一冊目は彼女の姉が、二十代前半の彼女が綴った二冊目は小春が、そして、亡くなる間際の彼女が肌身離さず持っていた三冊目は、津村が引き取った。

三冊目の手帳の前半は濃い紺色のペンで、後半はそれよりも少し色の淡い青色のペンで書かれている。途中でインクが無くなって、ペンを交換したのだろう。掃除の手を止めてぱらぱらとページをめくり、津村は一ページ目から順になつかしい妻の筆跡を追い始めた。書名や作者名、ページ数などの短い但し書きの下に、抜粋された文章が太いレースを貼り付けたように並ぶ。

妻は、物語の肝や盛り上がりのシーンよりも、登場人物が道を歩きながらどんなものを見て、夕飯にはどんなものを食べたか、来年のクリスマスには何を欲しがっているかなどを匂わせる細々としたシーンを書き抜いていた。金柑《きんかん》の木、錆《さ》びたガードレール、エビの粉末スープ、かじかんだ子供の膝、ムートンブーツ。ページをめくってもめくっても、ありふれた日常を愛でる、光る小石を集めたような抜粋が続く。娘によれば、二冊目の手帳には稲川淳二の怪談話が丸々一話書き写されていたらしいので、妻は昔からずっとこんな淡々とした文章ばかりを好きだったわけではないのだろう。年月と共に嗜好が変わっていったのか。

ページが進むにつれて妙な息苦しさを感じ、津村は喉を鳴らした。無意識に呼吸が浅くなっている。なんだろう。確認したい、と思う。この先に、何もないことを、確認したい。嫌がる指を紙面から引き剝がし、ページをめくった。

手帳の中ほど、谷川俊太郎の詩とハンバートハンバートの歌詞の間に、ぽつりと浮かび上がるような短い一文が書き込まれていた。目が、吸い寄せられる。

だれもわかってくれない
鳥肌が立った。だれもわかってくれない。これは、書き抜きではない。妻の言葉だ。そうだ。

十年前、葬儀が終わり妻の部屋を片付けていた最中に、本棚の奥からぽろりとこの三冊の手帳が出てきた。手伝いに来ていた義姉と、それぞれ適当に一冊ずつ手にとってページをめくり、泣き笑いをしながら「朝子、こんな言葉が好きだったんだね」「ムーミンとか、なつかしいな」と言い合った。その時、たまたま三冊目を持っていた津村がこの一文を見つけたのだ。だれもわかってくれない。弔ったばかりの妻の、血がにじみだすような悲嘆に触れて、津村は手帳を持つ指先がみるみる冷えていくのを感じた。声の震えを抑えながら、「よければ一冊は義姉さんが持って行ってください。この一冊は俺と、あと、将来娘にも一冊持たせてやりたいな、母親の筆跡だから」となるべく軽い口調で言って、手帳の所有権をその場で分けた。そして、手に入れた三冊目をそのまま机の引き出しの奥へとしまい込んだ。

誰にも見せられなかったし、自分でも読み返せなかった。

妻は、憎んでいたのだ。薬の副作用で髪が抜けていくことも、食事の味がしなくなっていくことも、おぞましい手足のむくみも、手術の恐怖も、日々の苦痛も。忙しさを理由になかなか病院へ付き添ってくれない夫にも、手がかかる盛りの娘にも。どうやっても苦痛を分かち合えない実の親に対してすら、悲しみと苛立ちを募らせていた。言葉尻が、意地悪く曲がった。家から出るのを嫌がるようになった。常に機嫌が悪く、友人であれ知人であれ、口を開くたびに周囲の誰かを嘲笑《ちょうしょう》した。津村との会話を嫌がるようになった。泣き止まない小春の頬を、感情にまかせて叩《たた》いたこともある。火がついたように泣きだした小春を自室へ連れて行き、「ママは病気なんだ」とあやしながらも、津村はだんだん妻をいたわれなくなっていく自分に気づいた。あんなに明るくみずみずしかった妻が、ぼろぼろと欠けて、よどみ、不幸を溜めた土くれのようになっていく。どうしても足が家へ向かうことを嫌がり、あえて帰宅を遅らせる日も珍しくなくなった。

「あなたは、人間が冷たいのよ。跡取りのおぼっちゃんで、お母さんたちに甘やかされて育ったから、人の気持ちがわからないの。かわいそうな人」

深夜に家へ帰りついた際、居間で本を読んでいた妻にそう言われたことがある。津村は返事をせず、ネクタイをゆるめて風呂場へ向かった。あの時、妻はどんな顔をしていただろう。いくら記憶の妻を振り返らせても顔の輪郭が歪んでしまう。代わりに、妻を恐ろしく思った瞬間の心臓に錐《きり》を刺し込まれるような痛みは、感傷の甘さと共にたやすく蘇った。こわかった。そうだ、こわかった。痛めつけられて、俺はどうしようもなく悲しかった。

手帳を元の位置へしまい直し、津村は引き出しを閉じた。そして、頭の混乱を収めるため、気に入っている洋楽のアルバムを流し、見知らぬ男女の歌声に意識を集中させてなんとか部屋の掃除を終えた。そして、娘から「部活終わった。今から帰るよ」と電話が入ると、フライパンを熱して豚肉と人参とキャベツで焼きそばを作り始めた。隠し味にビールを入れる。流し入れた瞬間、ざあ、と大きく白い湯気が上がる。

初めて焼きそばを作ってやったとき、この湯気に驚いて「ぱぱ、すごい！　すごいね！」とキッチンで小さな手を叩いた四歳の娘の表情を、津村は今も覚えている。

それから数日して、また妻の夢を見た。正確には、妻の待つ家へ帰らなければいけない夢だった。予定外に早く仕事が終わってしまい、事務所を出た津村は困った声を作って家へ連絡を入れた。「急な飲み会が入ったから、夕飯はいらないよ。もう作っちゃってたら、明日の朝につまむから」妻の声はノイズに紛れてよく聞こえない。携帯を切り、宵の口で温まり始めた繁華街へ向かった。ラーメン屋でレバニラ定食を食べ、よく使っている飲み屋に向かいかけたところで、思い直して駅へと方向転換した。電車に揺られ、数駅先の少し開けた町に降りる。顔見知りのいないジャズバーで二時間ほどウイスキーを傾け、最後に飲み会という方便のため、パチンコ屋の店内をぐるりと一周して煙草の匂いを強めてから電車に乗った。

不思議と、車内で揺られる乗客たちの指の数は不安定だった。つり革やポールを握る、長い指、白い指、荒れた指。四本、七本、六本、三本。津村はふと、自分の指の数もおかしくなっているかも知れないと不安になった。腹の底が冷え、なるべく手元を見ないまま電車を降りる。改札を出て携帯を開くと、自宅からの着信が十件入っていた。

妻の指は、減ったのだろうか。あれ以上減ったら右手が無くなってしまう。もしかしたら妻は、片手が無くなってしまった、と悲しんで電話をかけてきたのかも知れない。悪いことをした。さぞ心細い思いをしているだろう。こんな時ぐらい、そばにいるべきだった。そんなことを思っていたら、目が覚めた。

片手が無くなる？　津村は天井に自分の手をかざしてみた。昨日と同じく、ささくれの浮いた乾燥気味の指がきちんと五本とも揃っている。妻は片手どころか、全身が無くなってしまった。火葬炉から引き出された、灰色がかった薄い骨。この世から、一人の人間の顔が無くなるということ。

「パパぁ、七時。遅刻するよ」扉越しに響く娘の声に、津村は布団から起き上がった。

大した夢も見ないまま、忙しく年末進行をこなすうちに年が明けた。例年通り津村と小春は元旦から一泊二日で、隠居して隣町に住んでいる津村の両親を訪ねた。津村には三歳離れた弟がいる。まだ独身で、新宿の百貨店に勤めている。元旦はテナント自体は休みのようだが、初売りの準備で忙しいとかで年末年始はいつも帰ってこない。そのため、正月は老夫婦と津村、小春の四人で過ごすのが常だ。

　老夫婦は、唯一の孫娘である小春を溺愛している。

「小春は朝子さんに似てきたねえ」

「生え際の辺りが似ている」

「後ろ姿なんかもそっくりだ。きっとママが守っているんだねえ」

　こたつで出来合いのおせちをつつきながら、それがさも美しい話であるように祖父母は代わる代わる孫へと語りかける。小春は眉尻を下げて曖昧に笑い、栗きんとんに集中するフリをしていた。三歳で母を亡くした小春には、ほとんど彼女の記憶がないのだという。もしかしたら、小春が津村のことを「パパ」と呼び、朝子のことを「お母さん」と呼ぶのは、その感覚の遠さが原因なのかも知れない。また、小春は母無し子として扱われるのがきらいだ。そういった話題になるたび「かわいそうがられても、私にはどうにも出来ない」と顔をしかめる。だから感傷的に「母に似てる」と言われたり、「大変だったね」といたわられると、その場では愛想良く調子を合わせるものの、後で不機嫌になる。

この日もそうだった。祝いの日本酒にしこたま酔い、上機嫌の祖父母が寝室へ引き上げたのを境に小春の機嫌は目に見えて悪くなった。乱暴な手つきで蜜柑《みかん》を剝《む》き、乳白色のふさを次々と口へ放り込んでいく。

「似てるなんて当たり前じゃない」

「そうだな」

「当たり前のことを、あんなに大げさに言うなんてバカみたい。言ってて自分たちが気持ちいいのね」

「じいちゃんたちもさみしいんだよ、義理とはいえ娘を亡くしたんだから。わかってやれよ」

それに、お前は確かに朝子に似てるよ、と津村が呟《つぶや》くと、小春はきっと父親を睨《にら》みつけた。

「どこが似てるの?」

「そうだな、足かな。ふくらはぎの形なんかそっくりだ」

「ふうん、ほんとうに?」

小春は丸い目をきゅっと細めて意地悪く口角を吊り上げた。父親の津村が見たことのない表情だった。攻撃する意志に満ちていて、とがり、光り、ねじれているからこそどこか愛らしさの覗《のぞ》く、大人の女のような顔だ。

「野口おじさんは目、おばさんは耳、いとこのさっちゃんは頭のかたち、光浦のおばさんは笑ったときの顔の印象。おじいちゃんとおばあちゃんはなんだっけ、生え際と後ろ姿？　みーんな、適当。適当に、私が年々お母さんに似ていくって言って、しんみり気持ちよくなりたいだけなのよ。パパも、勝手にお話を作ってるんじゃないの」

ふいっと顔をそらして小春は席を立った。洗面台の方から歯を磨いているらしい水音がしたかと思うと、おやすみ、と通りすがりに言い捨てて布団の敷かれた客間の方へ去っていく。津村は鰹節《かつおぶし》をまぶした数の子をつまみに、もう一口日本酒を飲んだ。

義理の娘をなつかしがる素振りを見せるわりに、津村の両親は小春のいないところでしきりに津村へ再婚を勧める。どこかにいい娘さんはいないのか、なんなら見合いの席を設けてやろうか、誰々さんの姪が年頃らしい。そういうことは自分で決める、と津村が首を振ると、老い先短い自分たちが息子の心配をして何が悪い、朝子さんだってきっとお前の幸せを願っている、と渋い顔をする。確かに小春の言うことにも一理あった。彼らは、いや、彼らだけではなく大抵の人間は、死者にまつわる風景を無意識に飴玉《あめだま》にする癖があるのだ。手前勝手に解釈し、センチメンタルな甘さをしゃぶり、ねぶる。

朝子さんは気丈な人だったね。不幸な人だよ。美人だから病気に魅入られたんだ。でもまあ、あんなによく似た娘も生まれて、本人は満足してたんじゃないかな。直前までずっと働いてたんだろう？　アタシもああ生きられたらねえ。いやあ人間、あんな病気になったら終わりだね。ああ、死んだのかい、愛想のない女だったたね。ちゃんと死に目は家族で看取れたんだろう？　ならまだマシな死に方だろうよ。健気な人だったね。小春ちゃんがかわいそうだ。親族、妻の友人、近所の人。妻が死んで、色んな人間が色んなことを言った。口を持たない死者について語るとき、生きている人間の目には、いつもどこか気持ちよさそうな光が瞬いた。それを、何度も津村は見てきた。

ならば、自分も妻を勝手な物語に当てはめて飴玉にしているのだろうか。よくわからない。自問をするには酔いすぎている。首を振って、席を立つ。

こたつに残った皿とコップを片付け、歯を磨いてから娘の寝ている客間へ向かった。娘から五十センチほど距離を置いて敷かれている自分の布団へもぐり込む。眠ろうと呼吸を整えていると、隣の布団から布地の擦れる音が聞こえた。

「パパ」

「ん？」

「ごめんなさい」

暗闇で、娘の顔は見えない。けれど、津村は布団から片手を出して指先をひらひらと揺らした。

「いいんだ。俺も悪かった」

小春は何も言わず、けれど短い間を置いて寝返りを打った。


翌朝、四人で初詣を済ませて自宅へ戻ると、祖父母にお年玉をもらったらしい小春は「これで新しいスマホに買い替えるんだ」と白い封筒を握りしめて笑った。昨晩はあんなに憤っていたのに、小遣いをもらったら態度を一変させている。単純なものだ。それとも、単純に見せているのだろうか。

鼻歌まじりにパソコンを起動し、小春は数ヶ月前から目星をつけていたのだというスマホの機種をディスプレイに表示させた。

「ほら、これね、写真が何千枚も撮れるの。デジカメいらず。ガソスウ高くて、超きれいだし！」

「お前、そんなにたくさん撮るのかあ？」

「私、写真好きだもん。それに、パパもよく撮ってるじゃん。あの化石みたいな携帯で。遺伝でしょう遺伝」

それでね、あと五千円でシャンパンゴールドの超きれいな機体にバージョンアップできるの！　たまにはパパにも貸してあげるから資金援助してー、と甘えた声を出す娘の頭を撫でてあしらい、津村は自分の部屋へ戻った。

ちょうどメールが届いたらしく、机の上では携帯がライトを明滅させている。津村の携帯は、五年ほど前の型だ。あちこちに白いキズがつき、充電もすぐに切れてしまう。

画面を開き、『新年会について』とタイトルのついた部下からのメールをクリックするも、ディスプレイはなかなか切り替わらない。津村は操作をリセットし、データフォルダを開いた。画面いっぱいに展開していくサムネイルを眺め、不要と思われる写真を一枚ずつ削除していく。ここのところ整理していなかったせいか、画像は二百枚近くあった。ほとんどは風景写真だ。暮れる公園、水量の豊かな川、三羽の鴨、上弦の月。意識したことはなかったが、確かに自分は写真好きなのかも知れない。もっとも、撮って満足するばかりで、後で見返すことはしないのだが。

小春が生まれたばかりの頃、育児にかかりきりになる妻と、事務所をまかされたばかりで慌ただしかった津村の関係を繋いだのが携帯の写真だった。お疲れさまと言い合うのも妙に気恥ずかしく、生活の時間帯もばらばらになってしまっていたある日、津村はさほど考えずにコンビニの前を横切った野良猫の親子の写真を撮り、タイトルも本文もつけずに妻の携帯へ送った。妻が動物好きだったからだ。するとすぐに『かわいい！』とハートの絵文字付きの返事がきた。

さらに数日後、妻から『金柑』とタイトルのついたメールが届いた。メールを開くと、黄金色の実がたわわになった金柑の木の写真が添付されていた。近所の軒先だろう。本文には、『食べたくなった』とある。津村は返信に『俺も甘露煮が食いたい』と書き込んだ。二日ほど経って遅い帰宅をすると、すでに妻は娘を寝かしつけて横になっていたが、食卓にはいつものお茶漬けの他、金柑の甘露煮がのせられていた。

それから夫婦は言葉や時間の不足を補うように目についた美しいもの、心なごむもの、清々しい景色を送り合った。自分の写真を撮る癖は、その頃の名残だろうと津村は思う。

自分が目にしたもの、いいと思ったものを妻に送る行為は、忙しい夫婦のコミュニケーションを補うだけでなく、津村に不思議な感覚を与えた。妻に「これいいね」と一言返してもらうだけで、自分が見た美しいものを「いいものだったんだ」と消化することが出来る。これは、不思議な矛盾だった。「いい」と思ったからこそ送ったのに、「いいね」と言われると、改めてその風景が「いい」ものとして、自分の手に戻ってきた気分になる。

考えてみれば、つきあい始めの頃には二人でよく散歩をしながら風景を分け合ってきたものだ。昼の湖面が美しい、サイズの違う子供服を山のように干している家がかっこいい、羽を傷めて残った渡り鳥がさみしい、いや、あれはさみしさとは違う。分けていたのは風景ではなく、それにともなう感情だったのだろう。たとえば一際独立心の強い人間や、自分の中で物語を紡《つむ》げてしまう人間は違うのかも知れない。けれど津村にとって、妻は目に映るものを消化するための反射板の役割を果たしてくれた。

一度、とびきり美しいものに出会った。

初霜の降りた寒い日だった。熱を出した娘の看病につきっきりになっていた妻が買い物に行き損ね、冷蔵庫が空っぽだったため、早朝、津村がコンビニへ朝食を買いに行くことになった。その帰りのことだ。

家の近くの森林公園を突っ切っている途中、ふ、と冷たい風が吹いたのをきっかけに、ずらりと並んだイチョウの木が、一斉に、ただただこの世を祝福する雨のように、惜しみなく黄金色の葉を降らせ始めた。おそらく前日の急激な冷え込みが落葉の原因なのだろう。朝の日射しを受けた葉がさらさらと輝く風景に、津村はおもわず携帯のシャッターを切った。撮った写真を妻へ送る。そして、形のきれいな葉の数枚を拾い、記念品のつもりで潰さないよう慎重にポケットへ入れた。葉はどれもまだみずみずしく、冷たい。

数分もしないうちに、妻から返信が返った。

『秋の終わりだ。すごいね！　私も見たかったな』

その通りだ、と津村は胸が痺《しび》れた。自分はいま、一つの季節の臨終に立ち会っているのだ。

地面は目の眩《くら》むような金色に埋めつくされ、どこもかしこも光って見える。おそらく数時間もしないうちに落ちた葉の色は褪《あ》せて、いつもの他愛もない風景に戻ってしまうのだろう。

十分ほど経って、イチョウの雨は途切れた。枝にはまだ三割ほどの葉が散り残っている。耳にくすぐったさを感じて手をやると、津村の頭にも首にもダウンジャケットのフードにも、黄金色の葉が何十枚も積もっていた。

妻も、いつかこれを見られるといい。そして娘も。分け合いたい、とただ願う。頭がい骨や肋骨の内側、心もとなさを作る体中のあらゆる空洞が、澄んだ黄金色でひたひたと満たされていく。祝祭を終えた並木道を振り返りつつ津村は家へ帰った。

持ち帰った葉は、家の電灯で見ると妙に青みを帯びてくすんでいた。気落ちする津村に、妻は「そういうものよ」と小春のミルクを作りながら笑った。

結局、妻は亡くなる前にあの景色を見られたのだろうか。津村は、あてどなくデータフォルダに溜まった景色を削除しながら思う。五十枚ほど画像を消すと、だいぶ携帯の動作は軽くなった。

今どきの携帯は何千枚も何万枚も写真を保存できるのだという。小春はそんな無限に等しい容量を使って、なにを溜めようと思っているのだろう。動作の重さに辟易《へきえき》して携帯の写真を整理するたび、いい加減この不毛な癖を改めなければ、と思う。そして携帯を買い替え、容量に限界を感じないまま、ただ無自覚にぱちぱちと見せる相手のいない写真を溜め続ける自分を想像して、津村はなんだか胸が寒くなる。

妻のことを考えたからかも知れない。その夜、三週間ぶりに妻の夢を見た。

朝子は居間のローテーブルの前に腰を下ろし、背中を丸めてなにか作業をしていた。

「なにをしてるんだ?」

手元を覗き込み、津村は息を呑んだ。妻は使い慣れたボールペンを朱色の手帳へ走らせていた。冷たく光る金属製のペン先から、青い文字がゆるゆると編まれていく。

「なあ、書かないでくれ。こわいんだ、君がそれを書くと」

呼びかけに、妻はゆっくりと顔を持ち上げた。

笑っていない。笑っていない彼女と久しぶりに目線が重なり、津村はふと、妻はこんな顔をしていただろうか、と思った。目の形や口の形、頬のラインに違和感がある。それなのにどこが違うとは上手く言えない。少しくすんだサーモンピンクの唇が動く。

「あなたは、自分が善い人だって思えないと、こわいのね」

妻は、本当にこんな声をしていただろうか。ペンを置き、彼女は両手を膝へのせた。指は両手を合わせて十本に戻っていた。

けれど先日まで指を欠けさせていた右手は乾燥してささくれだち、人差し指に絆創膏が巻かれていた。こんな指を、どこかで見た。思い出せない。ふいに妻の声が変わった。凛と張り、トーンは少し低くなる。一瞬、誰の声だかわからなくなった。

「ねえ、こわがらないで、ちゃんと読んで。私、がんばったんだよ」

そして彼女は手を伸ばした。乾いた指先を津村のシャツの胸元へ当て、く、と数センチ食い込ませる。

夢の中なのに、わずかな痛みがあった。

布団をはねのけて起き上がった津村は、どくどくと痛いくらいに脈打つ左胸を押さえた。背中が冷や汗で濡れている。慌てて寝台を下り、机の引き出しを抜いて妻の手帳を探した。ページをめくる指が震える。

たくさんの文章、たくさんの意志、たくさんの祈り。その狭間に埋め込まれた、だれもわかってくれない。三度目でもまだ磁石のようにその一箇所へ目が吸い寄せられ、背筋が冷えた。こわい。愛した相手が皮膚の内側へ溜めていたもの、お前は善い人間ではないと糾弾するものは、おぞましい。けれど、妻はちゃんと読んでと言った。津村はまばたきを繰り返し、ゆっくりとページ全体へ目をすべらせた。

だれもわかってくれない、の「い」の後には、ごく薄く、かすれそうな筆跡で欄外へと誘導する線が引っ張られていた。その線にそって目線を下げる。よく見ればその線は、それ以外の文字よりも色合いが淡い。二本目のペンを使っていた時期に書き足したものなのだろう。線は、川端康成の抜粋で文章が特に込み入ったページの下部へと続いていた。青色の太いレースの下、見落としそうな小さなスペースに、それは書かれていた。

うらまない

うらまない、と唇を動かし、津村は奥歯を嚙んだ。これは誰かを許すような言葉ではなかった。妻はペンのインクを使い切るまで言葉を書き写し、そうすることで、自分と周囲へかけた呪詛《じゅそ》をほどこうとしていたのだ。この手帳は妻が悲嘆の十一文字からこの五文字に辿《たど》りつくまでの、長く孤独な旅の足跡だった。

手帳を閉じ、通勤鞄へ入れる。時計は朝の六時半を指していた。娘はまだ眠っているだろう。白む窓をしばし眺め、朝食を作りに台所へ向かった。

妻は、和室で洗濯物を畳んでいた。

津村は妻の近くへ腰を下ろすと、乾いた衣類の山から一枚ずつ引き出して畳み始めた。シャツは折り目にそって、タオルはまず半分に折ってから三つ折りに、靴下はきちんとペアにして履き口を外側へ折り込む。

「あれ、どういう風の吹き回し？」

ふふ、と鼻を鳴らして微笑む妻は、相川光恵の唇と、宍戸さんの手と、小春の足と、半年前に会った妻の姉の生え際を持っていた。なぞる間に、また形を変える。伸び縮みし、捉えられなくなる。表情だけは遺影の写真を切り抜いたような柔らかい体裁を保っているが、その姿は悲しいくらいにつぎはぎだった。それなのに、見ようとしなければ気づかなかった。

津村はもう、自分を罵《ののし》った妻がどんな顔をしていたのか、泣いている彼女が、どんな風に背中を震わせていたのか、覚えていないことを知った。覚えてないからこそ、夢の中で妻らしきものは笑う。夫のすべてを許すように笑う。

「そりゃあね、新しい人がここに来るのはさみしいけれど、でも、あなたの老後も心配だし。いいのよ。そういうものなのよ」

これは、小春の言葉だ。妻の言葉ではない。それなのに、本当にたやすく津村の無意識は津村をあざむく。酸を注ぐように、罪悪感をぐずぐずと溶かしていく。津村は手にしたシーツを置き、面を被ったように微笑む彼女の顔を見つめた。

「なあ、笑わなくていいんだ。本当は君の顔も、声も、もう覚えていないんだ」

「みんなそうよ。誰もあなたを責めないわ」

「君を、一人で、死なせた」

妻らしきものは微笑んだまま、口を閉ざす。沈黙はなおさら彼女が津村の記憶による作り物であることを際立たせた。

「本当に？　それだって、ただ、あなたにとってわかりやすい物語を選んだだけじゃない？」

「見せたいものがあるんだ」

津村は妻らしきものの背に手を当てて立ち上がった。手を取りかけ、一瞬迷って、宍戸さんの手ではない方の手を取る。彼女は眉をひそめて笑った。白い、なめらかな左手を握りながら、この手は誰の手だろう、と思う。ＣＭか何かで意識へ焼きついた女優の手だろうか。マンションを出て、冷たい風の中、近所の森林公園へ向かう。

並木道では、イチョウが黄金色の雨を降らせていた。朝日を受けて、きらきらと輝く。葉擦れの音が聞こえるほど静かな通りで、手を繋いだまま立ち尽くす。

「あの日、君と小春に見せたかったんだ。心が、川みたいにあふれて、まっすぐに向かった。あの震えるような幸せを、俺は忘れないだろう。たとえ君のことを、忘れても」

もはや妻ではない女の手を強く握る。どこかの果て、流れ去った人へ宛てるようにと、強く。彼女は長い間、何も言わずに降り落ちる金色の葉を見上げていた。

「ありがとう。――ねえ、いつか、小春にも見せてあげて」

そう言って、柔らかく津村の手をほどいた。

「朝子」

振り向くと、彼女はもうどこにもいなかった。気がつけば無限に広がる金色の雨の真っただ中で、津村は一人、かつての妻を捜していた。

古生代のバームロール

もういっぽんください、と手を差しだすと、葬儀社の職員は不思議そうに顔を持ち上げ、すぐに「はい」と頷いた。まだ大学を卒業したばかりだろう、眉をくっきりと引いた、肌の明るい女の子だ。よくこんな若い子がこんな陰気な職場に勤めているものだな、と無関係なことをふと思う。つやつやした桃色の唇に、モノトーンに疲れた目が癒される。水気の多い指から二本目の白菊を受け取り、光恵は喪服の列へ並び直した。

数メートル先では、大きく引きのばされた柿崎泰次郎《かきざきやすじろう》先生の写真が白い花に埋もれている。カッキー、だいぶ老けたな。痩せてしまって、頭がい骨の形がはっきりわかる。頭皮が透けて見えるぼさぼさの髪は白髪だらけだ。こんなに貧相な人だったっけ。けど、誰だって七十歳を超えたら、仕方ないのかも知れない。青く清らかな十七歳の少年少女だった自分たちだって、もう三十代だ。皆それぞれ乾いたり太ったりたるんだりしている。男子の後頭部もちらほらと薄さが目立つようになってきた。

柿崎先生は、生物を担当していた。授業の進め方は単調で、あまり評判がよくなかった。五本指の健康靴下を履いていることも、スリッパをぺたぺたと鳴らして猫背気味に歩くことも、よく陰でネタにされていた。でもなぜか、ダサいくらい真面目なところがいい、とごく一部の女子生徒に人気があった。
すでに花の山が出来上がっている献花台に二本の白菊を供え、光恵は頭を下げる。パイプ椅子が並ぶ参列者席へ戻る途中、友人の玲子《れいこ》が式場の端で葬儀の担当者と声をひそめた様子で話し合っている姿が目に入った。火葬場での段取りでも確認しているのだろうか。眼がちかちかする鯨幕《くじらまく》や、僧侶の袈裟《けさ》の臙脂《えんじ》色や、居心地悪そうに菊の花に囲まれた柿崎先生の遺影を見ているうちに、息苦しさから溜め息が漏れた。吐いた分だけ息を吸うと、甘ったるい線香の匂いが鼻の奥へともぐり込んだ。

むしろこの時期で良かったかも知れない、と玲子は精進落としの会場の隅で記帳簿をめくりながら言った。ちょうど同窓会やろうって根回ししてたから、みんなとすぐに連絡とれたしね。ちゃっちゃっちゃっちゃ、と手際よく一万円札を十枚ずつ束にしていく玲子の指先に見とれたまま、テーブルの向かいに座った光恵は鈍く相づちを打った。玲子は今、七歳と五歳の息子を育てながら東銀座で高級腕時計を扱うセレクトショップのオーナーをしている。旦那さんはブリヂストンに勤めているらしい。昔から隙がなくて手堅くて、なんでも出来る人だった。文化祭実行委員だったし、生徒会副会長だったし、女子バレー部のエースだった。

カッキーって結婚してなかったんだねえ、と香典袋からお金を取り出す美鈴《みすず》が間延びした口調で続けた。ずっと年取ったお母さんと二人暮らしって、どんな感じだったろうね。ふわふわとした彼女の呟きに、玲子が素っ気なく肩をすくめる。さあ、お医者さんの話だと、五十歳の時にも一回狭心症で運び込まれたらしいから、ちゃんとお母さんを看取れてほっとしたんじゃない。

光恵は会場正面の席に安置され、前にビールの供えられた柿崎先生の遺影へ顔を向けた。生徒の一人が、最後ぐらいお酌をしたい、と持ち込んだのだ。先生はなにも言わない。少し緊張したような、強ばった面持ちでこちらを見ている。なんでも退職後、熱心に取り組んでいた市の園芸ボランティアの活動が地域紙で紹介された際に撮られた写真らしい。瞳が焦げ茶色だ。そう言えば、すこし色素の薄い人だった。

三百人近い参列者のうち、精進落としに流れたのは三十人ほどだった。ほとんどが今回の葬儀の運営に携わった生徒たちだ。柿崎先生には四年前に死別した母親の他に身内がなかった。先生は朝の散歩の途中に心筋梗塞で倒れ、運び込まれた先の病院で亡くなった。たまたまその病院で看護師をしていた美鈴が死亡診断書に綴られたなつかしい名前に気づき、学年のまとめ役だった玲子に連絡を取ったことが、第二十五回大滝東高校卒業生有志による葬儀が営まれるきっかけとなった。

　葬儀会場の三階にある二十畳の和室には長机が運び込まれ、すっかり面影のなくなったかつての少年少女たちが寿司桶を囲んで酒を酌み交わしている。ここ五年ほど顔を合わせる場を設けていなかったせいか、会場には同窓会のような生温かく親密な空気が漂っていた。誰彼の近況を交わす傍ら、皆ぽつりぽつりと席を立ち、柿崎先生のビールグラスと自分のグラスを合わせて何かしら語りかけている。あんたも行ってくれば、と玲子に促され、光恵は黙って首を振った。そんなに親しいわけではなかったし、言うべきことも思い当たらない。そのまま、記帳簿とクラス名簿を並べて参列者にチェックをつけていく作業を続ける。柿崎先生と関わりの深い千五百人近い教え子に葬式案内を送ったものの、連絡が付いたのはせいぜい半分ほどだった。名前欄に○と×を交互につけていきながら、D組三田村邦子《みたむらくにこ》、の欄で赤鉛筆を止める。

「三田ちゃん来たがってたけど、サンフランシスコじゃどうしようもないよね」

「ああ、あの子、柿崎さんのファンだったもんね」

　ようやく会計作業を終えた玲子が鉄火巻きをぽいっと口に放り込みながら相づちを打った。長芋とわかめの酢の物をつまみにビールをすすり、美鈴も頷く。

「こう、地味な感じの子でたまに居たよね。カッキーのファン」

「類は友を呼ぶんじゃない。チャラめの子は数学の松井さんとか古文の尾形さんとか、好きだったし」

　それから玲子と美鈴はひとしきり学生時代にどの先生が好きだったか、という話題で盛り上がった。幾人かの教師の名前が挙がった末、あんたは？　と話を振られ、光恵は適当に「佐藤先生」とおっとりした女性教師の名前を答えた。あー、さとちゃんかわいかったもんねえ！　と酔っぱらった美鈴が貝殻をばらまくように笑う。まだビールを数口飲んだだけなのに、ずいぶん酔いが回っているようだ。

　数分後、「ちょっとトイレ」と立ち上がり、なかなか戻って来ないので様子を見に行ったら、美鈴は洗面台の化粧直し用の椅子にもたれて眠っていた。荷物置きにしている六畳の和室に座布団を三枚並べ、光恵と玲子は協力して千鳥足の美鈴を運んだ。ビールと香水の匂いが混ざった生温かい体にコートを掛けて寝かしつける。やれやれと腰を叩き、もとの席へ戻った。

「美鈴、あんなにお酒弱かったっけ」

「主任になっちゃって、忙しいんだって。今日も夜勤明けだって言ってた」

煙草吸っていい？　と玲子が聞く。光恵は近くにあった灰皿を差しだした。

「禁煙やめたの？」

「ん、職場の人からふらふらもらい煙草しちゃって、それからずっと。あんたは最近どう？」

「恋をしました。ふられました。実家に相変わらずパラサイトしてます」

「ああ、でも、恋できたんだ。よかったねえ」

玲子は目を細め、セブンスターの煙を天井へ吐き出した。

数年前、光恵が夫との離婚を決意した際に手助けしてくれたのは玲子だった。書面上の手続きから浮気の証拠固め、腕のいい弁護士探しまで、彼女は根気よく光恵の話を聞いて混乱を整理し、要望をまとめ、実作業を手伝ってくれた。これが終わったら休んでいい、と繰り返し耳へふき込む。これが終わったら、休んで、いい。耳へ刻まれた言葉通り、離婚の成立後、光恵は一ヶ月ほどこんこんと昼も夜もなく眠り続けた。沼に沈んでいくような日々だった。

「まだあれ作ってるの？」

橙色《だいだいいろ》がにじむ煙草の先を揺らされ、光恵は鞄から化粧ポーチを取り出した。ファスナーのつまみに、千代紙で手作りした親指の先ほどの小鞠を結びつけてある。朱色をベースに、白と金と桃色の花びらが散った艶《あで》やかな図柄で、一目惚れだった。玲子はそれを見つめ、静かな声で「きれいね」と言った。

「玲子は、順調？」

「まあね、店もなんとかやってるし、子供も育つし」

「えらいよ、育児と家庭と仕事、全部こなしてて。やっぱり、同級生の中じゃ玲子が一番しっかりしてる。人生に取りこぼしがないもの」

「んん、んー」

煙草の火を垂直にとんとんと押し潰し、玲子は溜め息のように煙を吐き出した。

「私が仕事から帰るまで、母が見ててくれるのよ、子供たち。幼稚園に迎えに行って、夕飯も食べさせてくれる」

「あれ、そうなんだ」

「実家と同じ里芋の煮っころがし食べながら、結婚までしといてアタシけっきょく自立してないじゃーんって、悩むよ。たまに」

「玲子でもそういうことあるんだ」

「そりゃあるわよ。だいたい酔いが覚めて、おなかが空いてるときだけどね」

お食べお食べ、と寿司桶を寄せると、玲子は渋い顔のまま、残したらもったいないものね、と主婦らしいことを言ってマグロから順に口へ詰め込んでいった。まるで燃料でも補給するような淡々とした食べ方だった。

また、糸に引っ張られるように、光恵は柿崎先生の遺影を覗き見る。もうどこのテーブルもなつかしい話題で温まっており、生徒たちは誰も遺影の前に足を運ばない。コップの半ばまで注がれたビールは、まずそうに泡が消えていた。

ふと、高校三年の夏の景色を思い出す。もうほとんどの生徒が授業の内容を先に予備校で済ませてしまっていた時期で、クラスの半数は机に突っ伏して眠っていて、もう半数は教科書の下で別の参考書を開いていた。寝息の響く四限目の教室で、一人黙々と古生代の地層について語る柿崎先生の背中は丸かった。黒板に浮かぶ、細い文字。古生代、カンブリア紀、オルドビス紀、あと、あと、なんだっけ。思い出せない。

青ざめた顔をした美鈴が「ごめん」と謝りながら席へ戻ってきた。気まずそうにペットボトルの麦茶をあおる。玲子は頃合いを見計らい、座敷の真ん中へ立った。みなさま、本日はお集まり頂きありがとうございました。たくさんの教え子に見送られ、きっと柿崎先生も喜んでくださっていると思います。それでは名残は尽きませんが、これにてお開きにさせて頂きたいと存じます。締めの言葉に、ぱらぱらとまばらな拍手が上がる。コップや寿司桶を片付けながら、光恵は会場出口で皆を見送る玲子の肩からすとんと力が抜けるのを見た。人がはけるのを待って話しかける。

「納骨、どうするの？」

「この葬儀場のオーナーが柿崎先生の教え子なんだって。奥の和室に後飾りの祭壇を一週間だけ置いてもらえることになってるから。そのあと、狭山の共同墓地に」

「あれ、お母さんと同じお墓じゃないんだ」

「先生の背広の胸ポケットに入ってたのよ。もう費用は振り込んであるので、ご迷惑をおかけしますがココに埋葬してください、どうか柿崎の墓にはいれないでください、って。――本当はおうち、出たかったのかも知れないね、先生」

苦みの混ざる声で言って、玲子は醤油染みの付いた机を台ふきんでごしごしとこすり始めた。

「思ったより人、集まらなかったね」

赤いバツ印の並んだ歴代の学生名簿を手に、まだ顔色の悪い美鈴が膝を抱えてぼやく。昔から、美鈴は不安になったり調子が悪くなったりすると体を丸める癖があった。玲子は光恵を振り返る。

「そういえばあんた、献花の時に二本供えてたよね。誰かに頼まれたの？」

光恵は曖昧に笑って首を振った。鞄から二つ折りの携帯を取り出す。着信も新着メールもないことを確認して、画面を閉じた。

光恵と磯貝真紀子《いそがいまきこ》の再会は半年前、まったくの偶然によって果たされた。

夏の終わりのある日、光恵の顔に妙な湿疹《しっしん》が出来た。ファンデーションを変えたのが悪かったのかも知れない。ひたいや顎の裏側を中心に赤くただれてしまった肌に困惑していたところ、テニスクラブで知り合った同年代の主婦から「いいスキンケア商品を扱っている場所がある」と声をかけられた。なんでも、漢方由来のスキンケア商品や化粧品を揃えた特別なサロンなのだという。代謝促進の漢方薬を塗布するハンドマッサージも受けられて、通えばすぐに肌がぴかぴかになるらしい。「私、ゴールド会員だから。私の紹介だって言えば初回はマッサージただになるわよ。お試しで行ってみれば？」それはいい、と光恵は紹介カードを受け取り、西武池袋線に揺られて池袋の雑居ビルの五階にあるサロンを訪ねた。

第一印象は、こぢんまりとした清潔な店だった。植物をかたどった壁紙や照明器具が多く、いかにも健康的でエコロジーな期待がふくらむ。椅子に通されて待つ間に運ばれてきたハーブティーは、爽やかで甘い香りがした。すっかり優雅な気分でくつろいでいると、真珠のような肌をもつ女性店員が目の前に座った。肌具合、生活習慣などの簡単な問診と、サロンについての説明を始める。

「実はここは、もともとモデル事務所が専属モデルのために設立したサロンなんです」

たとえば、二日後に撮影がある。けれど肌の具合が悪い。このままでは商品である化粧品や洋服を美しく見せられない。そんなときに急いで肌バランスを整えるため、モデルたちはこのサロンに駆け込むらしい。しかもここの商品はすべて世界的に名の通った漢方専門の薬剤師が調合したもので、市販されている化粧品とは比べものにならない美肌効果を発揮するのだという。

「まあ、もともとそれでごはんを食べている人たちのために開発されたものですから、効果が出なくちゃ困るんですけどね。そうしているうちに少しずつ、モデルさんたちから『うちの母も通わせてほしい』とか『友人が長年肌荒れで悩んでいるからどうしても』と申し出が集まりまして。細々とですが、紹介制というかたちで、一般の方にもサービスを行うことになったんです」

なめらかに説明を続ける店員は、頬の肉の薄さから光恵よりもそれなりに年上だろうと推測されたものの、肌が美しすぎて年齢不詳だった。同じ三十代にも、四十代にも見える。失礼ですが、おいくつですか？　と問うと、今年五十五になります、とにこやかに返されて驚いた。さらに店員は口角を上げる。

「相川光恵様、幸運ですよ。普段はスタジオを飛び回っていて、ほとんど予約が取れない我がサロンのもっとも高名なエステティシャンが本日のフェイスマッサージを担当させて頂きます」

そのスタッフがファッション雑誌の表紙を飾る数多《あまた》のモデルの専属エステティシャンであること、この道十年のベテランで、本日たまたま後進の指導のために店に立ち寄っていることなどをとうとうと語り、店員は「ごゆっくりおくつろぎください」と席を立った。よくわからない、ふわふわと甘い綿菓子のような話の連続に、光恵は軽い眩暈《めまい》を感じた。単に、低刺激の化粧品を少し見せてもらえればいいなと、それだけを思って来店したのに、どんどん内容が大げさになっていく。

ぼうっとしているうちに、お待たせしました、と糊《のり》のきいた白シャツにスラックスを合わせたスレンダーな女性が目の前に座った。淡い香水が絹のリボンのように鼻をくすぐる。

「エステティシャンの高宮リサと申します」

銀色の文字が印刷された和紙の名刺を受け取り、顔を上げる。

膝の触れ合う距離で、どこか記憶にひっかかる顔立ちの女が品のいい笑顔を浮かべていた。さきほどの店員同様、肌がとてもきれいだ。つやつやと、剝いたばかりのゆで卵のように光っている。すっきりとした一重まぶたで鼻筋も細い、ツンと澄ましたような目鼻立ちだが、しゃべるたびに覗く大きな前歯の先が他のパーツの冷たさを崩し、そこはかとなく剽軽《ひょうきん》な印象を顔全体に広げていた。その、げっ歯類めいた前歯の形に既視感を感じ、光恵はまばたきを繰り返した。

「……マキちゃん？」

ほろりと零《こぼ》れた名前に、高宮リサはにこやかな笑顔をかき消して穴が開くほど強く光恵を見つめた。なめらかな美しい肌がみるみる砂をまいたようにざらつき、青暗く陰っていく。光恵は息を呑んだ。そうだ。見れば見るほど、目の前の女は磯貝真紀子に似ていた。高校の頃に同じクラスだった、あまり目立たない女子。確か、家がお金持ちだったはずだ。よくブランドもののセーターや鞄を自慢していた。高宮リサは、芸名かなにかだろうか。エステティシャンってわざわざ違う名前をつけるものなのだろうか。

高宮リサはガタン、と椅子を鳴らして勢いよく立ち上がった。

「ご退出ください！　早く。ああ、そうですよね、肌に合わないなら仕方がないですよね。さあ、私も忙しいんで、冷やかしなら帰ってください！」

奥から異変を感じ取った数人の店員が顔を出す。高宮さんどうしたの？　と問いかけられるのにも構わず、リサは真顔で光恵の肩をつかんだ。そのまま突き飛ばすようにして店の外へ押し出していく。お客様申し訳ありませんっ、高宮さん、ちょっとどうしたの！　さきほどの店員が高い声を上げる。リサの形相が急に恐ろしくなり、光恵は「帰ります！」と叫んでちょうど五階に止まっていたエレベーターへ飛び乗った。ビルの一階へ下り、そのまま速まる心臓を押さえて池袋駅まで全速力で走る。

改札口で足を止め、ようやく汗ばんだ手を開いた。気がつかない間に握りしめていた高宮リサの名刺がころりと転がる。しわを伸ばして、もう一度文面を見直した。漢方美容会社の社名と、住所や電話番号、高宮リサの個人アドレス。裏面には何故か、クーリングオフに関する問い合わせ専用の電話番号が印字されていた。

その夜、光恵はおそるおそる実家のパソコンを開き、高宮リサの名刺に書かれていた漢方美容会社の社名をグーグルの検索ボックスに打ち込んだ。虫眼鏡マークのボタンをクリックする。

そうしたら、ずらりと出てきた。苦情、告発、被害相談。その漢方美容会社は、ネズミ講まがいの方法で顧客を募る、知る人ぞ知る悪徳会社だった。正会員は新しい購入者を紹介することでマージンを得たり、自分が既に購入した商品のローンを割引されたりするらしい。だいだい勧誘の流れは光恵が体験したものと同じで、まず、知人に「おすすめのマッサージ」と紹介されて店舗に行く。来店したら、いかにこのサロンが特殊で、辿りつくのに幸運が必要であるかという説明をされる。簡単なマッサージを受けながら「あなたの肌にはずいぶん癖がありますね」と難癖をつけられ、いつのまにか肌のカウンセリングを受けることになる。レントゲンのような機械で顔の写真を撮られ、「ここところの血流が悪いし、ここに老廃物が溜まっているから、あなたは五年後にはこんな顔になる」といかにもそれらしい説明とともに、目の周りが落ちくぼんだ、シミだらけ、しわだらけの、寒気がするような老婆の顔に加工された自分の顔を見せられる。そこからはお決まりの商談が始まる。肌の酸化を防ぐ三万円の化粧品、目元のくぼみを防ぐ五万円の美容液、三十種類の漢方薬を調合した十万円のパック。なによりも押してくるのが、これらの漢方美容品を使用して行う十五回コースのフェイスエステだという。「他のサロンでは倍の価格で提供しているサービスですが、ゴールド会員の○○様の紹介ですから、特別に二十万円でご提供いたします。このコースを受ければ、肌が極めて健康的で正常な状態に調整されるので、もうファンデーションもなにも要らなくなりますよ。もちろんエステにも生涯行かずに美肌を保てます。年間の化粧品代やエステ費用を考えてください。ずいぶんお安いと思いませんか？」光恵は眩暈を感じてこめかみを押さえた。ちなみにここの化粧品を使用して、肌に腫れ物が出来たケースもあるらしい。店員に「肌に合わないから返品したい」と伝えたところ、「肌の奥に溜まっていた老廃物が排出されているだけだから、必要な過程なんです。すぐにつるつるになりますよ」と突っぱねられたという。

次に光恵は、検索ボックスに「高宮リサ」と打ち込んだ。社名の時とは一転して、まったく検索結果は挙がってこない。唯一、「高宮リサって誰？　調べても全然でてこねーんだけど」「詐欺師」というやりとりが被害相談の掲示板で交わされているだけだった。

眩しすぎるパソコンの画面から目を離し、温め直したコーヒーをすすりながら、光恵は磯貝真紀子のことを思い出す。彼女はお嬢様だった。ラルフローレンの純正カーディガンをわざわざ「私のは本物」と言いふらしたり、バレンタインの友チョコ交換時に一人だけブランドもののやたら高価なチョコを持ってきたりしていた。運動部系の女子からきらわれている節もあったようだが、とはいえ、悪い子ではなかった。チョコだって、高価なトリュフを配るだけ配り終わった後には友達からもらったぱさぱさのブラウニーを笑顔で食べていた。勉強もスポーツも出来る優等生タイプの玲子、甘い物腰で男子に人気のあった美鈴など、他の女子と張り合うために真紀子が選んだのが「裕福」というステータスだっただけの話だ。多かれ少なかれ、女子高生はクラスの中で自分が浮き立つための方法を探す。光恵だってそうだった。「目立たないけど、実はマラソンや水泳など地道なスポーツに強い」という多少ひねくれたポジションで、ささやかな自尊心を満たしてきた。

あの頃、真紀子はどんな少女だっただろう。バームロール。そうだ、バームロールを、しょっちゅうおやつに食べていた。光恵は当時サクマの三角苺飴《いちごあめ》にはまっていて、一緒に弁当を食べたときにはよく一包みずつ交換した。あれ、弁当を一緒に食べるほど、私は彼女と親しかっただろうか。もう二十年近く前のことなので、うまく思い出せない。光恵は高宮リサの名刺を見直した。パソコンのメーラーを起動し、アドレスを打ち込む。

『相川光恵です。磯貝真紀子さんですよね？　どうしてそんなところに勤めているの？　なにか相談に乗れることがあったら、連絡してください』

光恵は自分が綴った文面をしばらく眺め、やがて、一文字ずつバックスペースキーでカチカチと消していった。階下で母親の呼ぶ声がする。また、見合いの写真を見せられるのだろう。返事をせず、自室を見回す。

六畳の和室に置かれた品物のほとんどに、鮮やかな千代紙が貼り付けられている。ローテーブルの表面も、椅子も、窓枠も、ティッシュ箱も、ポーチも、スタンドも、くずカゴも、カラーボックスも。紅赤、黄金、珊瑚《さんご》に卯の花、萌葱《もえぎ》に紫苑《しおん》。目を焼く色彩の洪水。一面のお花畑。窓辺には千代紙で折った紙風船が並んでいる。これでもだいぶ片付けた。見かねて玲子が引き取ってくれたものもある。それでも母親は気味悪がって、いまだに娘の部屋へ入りたがらない。あなた、なんでこんなことになっちゃったの。

母親の声を思い出し、急に指先がむず痒《がゆ》くなった。机の引き出しからA4サイズの千代紙の束を取り出す。牡丹に緑青、薄桜。この世のすべての色がここにあるのではと思う美しい紙面に、無数の花びらが舞っている。ああきれいだなあ、と溜め息が漏れ、脳が甘い色に染まっていく。うろうろと目をさまよわせ、本棚から漢和辞典を抜き取った。選びに選んだ若草色の千代紙を表紙に当て、輪郭をなぞって切り抜いていく。表紙、背表紙、裏表紙、と順々に両面テープで貼り付けていくうちに、次のアイディアが浮かんだ。そうだ、この上に、別の色の花を散らして貼り付けたら更にきれいかも知れない。さっそくちょうどいい色合いの一枚を探し出し、花の形を下書きする。

　十五分ほどで工作は終わった。そっけなくなんの親しみも感じなかった漢和辞典が、見違えるほど優しく、明るく、温かくなったように感じる。いいな、やっぱり花を貼り付けたのが良かったな。若草色に桃色の花を散らしたから、なんだか春を閉じ込めたように思える。いいな、いいな。歌うように繰り返し、手にした辞典をパソコンの横へ置いた瞬間、光恵は自分がまた、母親に「気味が悪い」と言われるものを作り出したことに気づいた。どん、と耳の奥で鈍い音が鳴る。ふっと目の前が暗くなる。

　とっさに辞典に貼った千代紙の端をひっかき、両面テープを剝がそうとした。剝がす。そうだ、剝がして、元通りにしよう。千代紙はきれいだ。机の奥にしまっておけばいい、それは普通だ。そう言い聞かせながら、ゆっくりと紙を引っ張る。もとの漢和辞典の表紙が見えてくる。半ばまで剝がしたところで、ぴり、と鋭い音とともに千代紙が破れた。切れ目から白く毛羽だった繊維が覗く。真っ赤な衝動の波が押し寄せ、光恵は辞書に貼ったすべての紙を破り取り、ぐしゃぐしゃに丸めてくずカゴへ放った。机に残った、花を切り抜いた桃色の千代紙も、紙片も、すべて捨てる。

　はじめは、いいことだ、と思っていた。四年前、残業帰りの夫が玉突き事故で負傷したと連絡が入り、動転しながらタクシーに飛び乗って病院へ向かうと、まだ意識が戻らない彼のそばには車の助手席に乗っていたという見知らぬ若い女が寝かされていた。幸い二人とも軽い脳震盪《のうしんとう》とむち打ち程度で命に別状はなかったものの、身元確認に使われた免許証の入った財布の中には、見覚えのないラブホテルの会員カードが入っていた。

目を覚ました夫はしばしの逡巡《しゅんじゅん》のあと、女のことを「俺以外に頼る相手のいない子で、相談に乗っていた」と言い、彼女の方は「本気の交際だ」と主張して病院の寝台でさめざめと泣き始めた。まるで、加害者は光恵であるかのような泣き顔だった。イテテ、と痛みに顔をしかめながら泣きじゃくる彼女の肩を撫でる夫の横顔を、光恵は呆然と眺めていた。

二年にわたる協議の末に離婚が成立し、実家に帰った後も、ひと月、ふた月、となにも考えられない日々が続いた。流れの遅い小川にゆるゆると足を浸しているような惚けた時間だった。なにを見る気もせず、なにを楽しむ気もしなかった。

そんな中で訪れた春先の少し暖かい日、部屋を片付けている最中に雑貨を入れた引き出しの底から、埃を被った千代紙を見つけた。なにも考えず習慣的に鶴を折り、テーブルの上に置いておいたら、ぽつん、と世界に色が点《とも》った気がした。緑茶の缶に清々しい色彩の花吹雪を貼ったら、泥水みたいだったお茶に味が戻ってきた。手を動かしていると、乾いて引きつれていた胸の奥が潤み、ぽたぽたと温かい蜜がにじみ出すのを感じた。

今でも光恵はわからない。はじめはしおらしい態度をとっていたのに、協議が長引くにつれて夫は「お前と暮らすのは石と暮らしているようなものだった」と食ってかかるようになった。「俺が帰ってもちっとも嬉しそうな顔をしない。ただぼさっと突っ立っているだけで、なんの張り合いもない。けれど情の薄いお前と違って、あの子は俺がいないとダメなんだ」。口調が熱を帯びるにつれてどんどん気持ちよさそうに歪んでいく夫の顔を見つめながら、こんなときに怒るでもなく、あの若い女の子みたいにさめざめと泣くでもなく、愚鈍にぽかんとしてしまうから私はダメなのだろうか、と思った。精彩に欠け、愛されず、運命の相手として選んでもらえない。ダメ、を埋《うず》めるよう千代紙を折り続ける。紅梅、撫子《なでしこ》、山吹、瑠璃《るり》、紅。

光恵はパソコンの画面に目を戻した。高宮リサのアドレスだけを打ち込んだ、白紙のメール入力画面。

あなたどうしちゃったの、は私の方だ。こんな、空々しく偽善的なメールを書く資格なんてあるものか。玲子は私を助けてくれた。気晴らしに外へと連れ出し、時には増えていく千代紙の小物を「きれいね、持って帰っていい？」とつまんでさりげなく数を減らしてくれた。「ぜんぶ千代紙もいいけど、ポイントをしぼって飾った方が目立つし、素敵だと思うよ」と歯止めをかけてくれた。そうすることでさりげなく、光恵に自分の病を気づかせてくれた。玲子は立派だ。だから、こういうのは玲子みたいな人がやることだ。こんな、ダメな上に頭がおかしくなっている私が人を助けるなんて、馬鹿げているにもほどがある。ウィンドウを閉じ、光恵はパソコンの電源を落とした。敷きっぱなしの布団にもぐり込む。

ふと、あの人とは仲良くなりたかったな、と面影が頭をかすめた。実家の弁当屋を手伝ううちに親しくなったお客さんの一人だ。不動産業を営む同年代の男性で、中学生になる娘さんがいる。奥さんをだいぶ前に亡くしたのだと言っていた。声が優しくて表情が明るい、一緒にいて気持ちのいい人だった。千代紙を貼った手帳を「きれいだね」と褒めてくれたから、つい嬉しくなって眼鏡ケースも、文庫本も、ポッキーの箱も、きれいに貼れるたびにデートに持って行ってしまった。ただ、「かわいい趣味だね」って言ってもらいたかった。よくあることだと、許してもらいたかった。はじめは褒めてくれたのに、次第に男性の顔は困惑に染まっていった。ある日、「まだ妻のことで心の整理がつかないんだ」と告げられ、短い交際は終わりを告げた。

どうすればよかったのだろう。だって、このどうしようもなく薄暗い部屋に生きて、うごめき、実家の弁当屋を手伝って唐揚げを盛りつけ、レジを打ち、ぜんぜん好きになれない男性の見合い写真を眺め、日々年を取っていく中で、光恵の頭の中に甘い匂いのする花畑が広がるのは、新しい千代紙の束を百貨店で購入する瞬間だけなのだ。それを許してもらえなかったら、ダメ、に埋もれて死んでしまう。

眠りに落ちる瞬間、思い出した。

磯貝真紀子は、生物の授業が好きだった。よく柿崎先生のあとをついてまわり、学校の花壇に水をまいていた。シャツを肘までまくり、出口を潰したホースを持ち上げる彼女の幼い腕の形が、夏の日射しとともに目の奥へ焼きついている。

柿崎先生の訃報を玲子から知らされたとき、まず思ったのは真紀子のことだった。光恵は玲子に頼まれて柿崎先生が在職中に担任もしくは副担任を務めていたクラスの名簿を取り寄せ、かつての生徒たちの住所に葬儀の案内を送っていく作業を受け持った。なにしろどれも十年以上前の名簿のため、「参加」の欄に丸が付いて戻ってくる葉書はまれで、「あて所に尋ねあたりません」と戻されてくるものの方が多かった。

真紀子への案内も、そうして戻されたものの一つだった。まさか、と思ってグーグルアースで彼女の実家付近を見てみると、広い庭のついた日本家屋が建っていた場所には小綺麗なマンションが建っていた。彼女の父親は、確かそこそこ名の通った銀行の役員だったはずだ。記憶を頼りに銀行名を検索してみると、その銀行はもう十五年前に経営破綻して無くなっていた。磯貝家は、家と敷地を売ったのだろう。

玲子には、「無理はしなくていい」と言われていた。どうせ、連絡のつかない人がほとんどだろうから。縁がある人だけ来られればいいよ。光恵は机の奥にしまい込んでいた高宮リサの名刺を取り出した。しわのついた紙面を見つめ、ぽつりぽつりと新規メールのアドレス欄にアルファベットを打ち込んでいく。

『柿崎泰次郎先生が亡くなりました。葬儀の日程について。』

こんなタイトルのメールを送った三日後、高宮リサから返信が届いた。

『連絡ありがとう。このあいだは迷惑をかけてごめんなさい。参列は出来ません。仕事柄、同級生に会いたくありません。もしよければ、私の分も花を供えてください。お願いします。』

光恵は短いメールを三度読み直し、返信ボタンを押した。白い画面に切りかわる。

『私、誰にもなにも言ってない。マキちゃん、カッキーと仲良かったじゃない。最後のお別れしようよ。当日でも、気が向いたら連絡ください。なんでも手伝うし、案内します。』

メールの最後に携帯のアドレスと番号を打ち込む。カーソルを送信ボタンへのせ、五秒迷ってからクリックした。指先が震える。まるで自分の指ではないみたいだ。おせっかい、ばかじゃないの、と小さく呟く。急いで千代紙で折り鶴とやっこさんと宝船を折った。オルガンもカラスもやぐるまそうも折った。それでも動悸が治まらない。

その後、高宮リサからの返信はなかった。

　三人で手分けをして後飾りの祭壇を組み立て、白い布を被せる。遺影と位牌と骨箱を並べていたら、ずっと葬儀を手伝ってくれたオーナーの岡本さんが香炉やリンを運んできてくれた。ごま塩頭の六十代半ばの男性で、柿崎先生が教育実習生だった時に行った、たどたどしいホームルームをまだ覚えているらしい。

「先生、引っ込み思案だったからなあ。声は小せえし、からかわれたら切り返せないし、初めての時は縮こまっちゃって、さんざんだったよ。まあ真面目で、厄介ごとから逃げない性格してたから、地味だった割に人気はあったかな。先生も、こんなにきれいなお姉ちゃんたちに最後の世話してもらえんだから、幸せだよ。きっとあの世で喜んでるよ」

「すみません、お部屋まで貸して頂いて」

「いいや、最近じゃ身寄りのない年寄りはもっぱら焼き場に直行だからな。こういう生徒さんで切り盛りする手作りの式に関われて楽しかったよ。それに、俺も久しぶりに柿崎さんとじっくり飲みたいから、ちょうどいいんだ」

　線香立てを設置し、一輪挿しに花を添えて祭壇は完成した。三人で一本ずつ線香に火をつけ、光恵たちは「あとをよろしくお願いします」と岡本さんにその場を託して葬儀場を後にした。

もう既に日はとっぷりと暮れている。今年は春が遅く、三月だというのに肌寒い。暗闇の彼方から、蠟梅《ろうばい》の冷たい香りが漂ってくる。

駅へと向かう道の途中で美鈴が、さみしいねえ、と呟いた。えーあんたそこまで柿崎先生になついてた？　と玲子が笑いながら混ぜ返す。違うけど、でも、やっぱり知っている人が死ぬのは、なんだか置いていかれたみたいでさみしいよ。美鈴がぎこちなく眉を寄せる。さみしいだろうか、と光恵は思う。死んで初めて家を出られた柿崎先生はいま、どんな気分でいるのだろう。そんなこと、教壇でミトコンドリアの内部構造を説明する姿からはなんにもわからなかった。先生からすれば、卒業して置いていったのは私たちの方だよ。言いながら、玲子が柔らかく美鈴の背を叩く。三人でふらふらと歩き続け、やがて駅へと辿りついた。ホームが一つしかない、階段の錆びた、高架下に飲み屋の入った小さな駅だ。エレベーターの設置工事と外壁の修繕工事をしているようで、建物のあちこちに青いシートが掛けられている。

柿崎先生の家から近いところで、と選んだ葬儀場は、三人が通った高校のすぐ近くだった。柿崎先生は四十年間教鞭を振るい続けた勤め先の徒歩圏内で一生を終えたのだ。制服姿で飽きるほど横切ったロータリーを抜け、滑り止めの削れた階段を上る。「次は小洒落たランチでも食べに行こう」と声をかけ合い、光恵は都心に帰っていく玲子と美鈴を改札口で見送った。実家暮らしの光恵は、高校時代と同様に駅前から十五分ほどバスに揺られて帰ることになる。

階段を下り、携帯を開いた。二十時。精進落としの寿司でじゅうぶんおなかはふくれている。相変わらず着信のない静まり返った画面を閉じ、駅と向かい合う位置にあるドトールへ入った。ブレンドコーヒーを注文し、二階の禁煙席へ向かう。喪服のせいか、ちらちらと学生や背広姿のサラリーマンが物珍しそうに振り返る。気にせず窓辺のスツールに腰かけ、目に馴染んだ、けれどところどころ記憶とは異なった夜の町を見下ろした。

いくら実家から近いとはいえ、高校を卒業して以来なんの用事もないこの駅を訪ねたことなどほとんどない。二十代のはじめに、浮かれながら菓子折片手に同級生の何人かと母校訪問をしたぐらいだ。あの時、玲子や美鈴はメンバーの中にいただろうか。思い出せない。こめかみを押さえて熱いコーヒーを飲み下す。

高校の頃、この場所にこんなドトールはなかった。確か駐車場か何かだったはずだ。そしてすぐ隣には、居酒屋に併設された鯛焼き屋があった。今その場所にはよくわからないエスニック料理の店が建っている。駅もだいぶ変わった。窓が大きくなって採光が良くなり、床のタイルは前よりも明るい色に張り替えられ、構内にコンビニまで出来ていた。

光恵はコーヒーカップの隣に開いた携帯を置いた。最終のバスが出る時刻まで待つ気でいた。自分は、馬鹿なことをしているのかも知れない。いい年して、独りよがりなおせっかいを焼いて。もしかして真紀子が返事をくれなかったのは、こちらの不躾な申し出に腹を立てたからかも知れない。そんなこと、わからない。だってもう十数年も会っていなかったのだ。玲子だったらもっとうまく彼女に声をかけただろうか。もっと正しいやり方が、わかったのだろうか。

かり、と勝手に人差し指がテーブルをひっかく。目が迷う。白い紙ナプキンの端を指先でこすった。ここに、千代紙はない。当たり前だ。す、と深く息を吸って、吐いた。思えば、こんなに千代紙に触れずに時間を過ごしたのは久しぶりかも知れない。化粧ポーチを取り出して、かわいい茜《あかね》色の小鞠を撫でたい。けれど、がまんする。だって、友達の前では、昔のままの自分でいたい。

そうだ、友達だった。どこか、狭い場所で一緒に時間を過ごした。お互いに図書委員だった高校二年生のある一時期、週に一度の当番の際に、本の貸し出しカウンターで膝を並べてお弁当を食べた。混ぜご飯のおにぎりを頬ばり、卵焼きとアスパラの肉巻きを交換した。気だるく眠たい待ち時間に、バームロールと苺飴を分け合った。ほんとうは、と真紀子は小さな声で言った。ほんとうは、せいとかいにはいりたかったんだ。でも、れいこちゃんみたいになれないし。あの時自分はなんて言っただろう。同級生の告白にどきどきしながら、ふうん、とまるで他人事のような相づちを返したのではなかったか。私もそうだ、とは言えなかったはずだ。そんな勇気はなかった。だから、真紀子の素直さが眩しかった。この子は友達だ、いつも一緒にいる玲子や美鈴とは違う、この子のこころの形を知っている、だから無事でいて欲しいと願うような友達だと思った。高三でクラスが離れ、真紀子がどうやら運動部系の女子からいじめられているという噂を耳にしたときには心配で仕方がなかった。けど休み時間や放課後に、柿崎先生と一緒に花壇の手入れをしている姿を見かけて、ほっとした。

私はきっと、私のために真紀子を待っているんだ。胸にすとんと軽いものが落ちる音を聞き、光恵はナプキンから指を離した。テーブルにのせた両手を合わせて指を絡め、肩の力を抜いて暗い町を見下ろす。かぼちゃタルトとホットティーを追加注文した。会計を済ませ、財布をしまいながらはたと気づく。

もう自分は高校生ではないのだ。どうしても最終バスに乗らなければいけないわけではない。タクシーだって使える。このカフェは二十四時間営業なのだから、いくらでも、気が済むまで待つことが出来る。

しっとりと重いケーキを頬ばり、ティーバッグを漬けすぎて銅色になった紅茶をすする。駅前にほとんど人が居なくなった二十二時。携帯に光が点った。見知らぬ番号がディスプレイに浮かぶ。通話ボタンを押して耳へ当てる。

「はい」

回線の向こうに人の気配がする。けれど、なかなか声は発されない。光恵は静かに相手の言葉を待ち、なにげなく目線を上げた。きれいな半月が夜空にかかっていた。

『もう、終わったよね』

聞いたことがあるような、無いような、ぼうっとにじんだ女の声だった。耳の奥へ、余韻を残してもぐりこむ。前に会ったときはセールストークと金切り声だけだったからわからなかったけれど、真紀子はこんな声を発する大人になっていたのだ。

「終わったよ」

『みんな、帰った？　もう誰もいない？』

「いない」

『今、駅に着いたの。先生のお墓ってどこ？』

「まだ納骨してないの。式場に、後飾りの祭壇を置いてもらってる」

一瞬、間が空いた。光恵は続ける。

「式場に夜間受付あるし、今夜お通夜してる人たちもいるから、入れるよ」

『光恵、今どこにいるの？　もしかしてまだ残ってるの？』

「駅前のドトール」

『ええ、なんで』

「ケーキ食べて、ぼーっとしてた」

『よくわかんないけど』

ふ、とかすかな風の音がする。回線の向こうで、真紀子が笑った。

「一緒に行こうか？」

『いいよ。ドトールでしょ？　ここから見える。先生に挨拶して、二十分ぐらいで戻るから』

待ってて、と言い残し真紀子は通話を切った。光恵はトイレに立ってからもう一杯ホットティーを注文した。うっすらと濡れたような白い月を見上げて、彼女を待った。


化粧気のない、黒いワンピースとジャケットに身を包んだ姿で現れた真紀子は、サロンで会ったときよりも老けて見えた。丸首の服が痩せた首を露わにしているせいかも知れない。肌がきれいな店員さん、と感動したはずなのに、カフェの黄色い照明の下では化粧にアラがない人、という程度の印象に留まってしまう。真紀子は豆乳ラテをのせたトレイを光恵の隣へ置いた。

「柿崎先生、最期はずいぶん変わっちゃったのね。遺影、痩せてた」

「そうだね」

「葬儀、誰が喪主をやったの？」

「玲子」

「そう、相変わらずね」

みんなげんきだった？　と気のない様子で聞かれ、光恵はぽつぽつと葬儀の間に耳にした話を口にした。誰々が誰々と結婚した。誰々は少し面白い会社に転職したらしい。誰々の家は子供が三人目で、など。精進落としの間に生徒の間でずいぶん盛り上がったおめでたい話題は、しかし深夜のドトールで真紀子の横顔に投げつけていると、やけにざらざらと舌触りの悪いものに感じられた。真紀子から返る相づちも、そう、へえ、と鈍いものが多く、自然と声が尻つぼみになる。からまわりする舌を止め、すでに中身の残っていない自分のカップに目を落とし、光恵はもう一度顔を上げた。

「マキちゃんは、だいじょうぶだった？」

なぜ、元気だった？　ではなく、だいじょうぶだった？　と聞いたのかは自分でもわからない。美鈴や玲子の、年相応に疲れた横顔を思い出したからかも知れない。真紀子は一瞬驚いたように目を見開き、少し苛立った素振りで唇を結んだ。

「まあ、だいじょうぶよ」

「そう」

「なんかネットではいろいろ言われてるっぽいけど、あれ、ぜんぶ同業他社の嫌がらせだから。うち、ちゃんとしたサロンだし、売ってる化粧品は本当にいいものなのよ。ほら、私、うちの化粧品と美容液を使ってるけど、もう十年近くニキビなんて出来たことないもの」

「そう……なんだ。うん、肌きれいね」

「だから、まあ普通よ。一キャリアウーマンとして普通にやってるわ」

それから真紀子は、働く女性にとっていかにスキンケアが大切なものであるか、美しく在ることで得られる社会的利益、世の中の人間はみんな女を外面でしか見ないこと、仕事で成功しても家を立派に支えても、その女が醜ければ結局のところ馬鹿にされる、その愚かさに立ち向かうためにも女性は美しくなるべきであり、その手助けをしているサロンに勤めていることに誇りを持っている、とまくしたてるように語った。習慣的なものなのかも知れないが、化粧品やサロンの話題になると真紀子の声は普段よりも硬く、速くなった。代わりに表情はどんどんほぐれ、にこやかになっていく。

「こんなだからさ、同窓会で玲子とかに聞かれたら言っといてよ。しっかりやってるみたいって」

最後の一言には、奇妙な弾みがついていた。まるで、この言葉をずっと言いたかったようにも聞こえる。線香の匂いが立ちこめる精進落としの座敷や、後飾りの祭壇に被せた白布の手触り、青白い玲子と美鈴の横顔が浮かぶ。三人の会話の中に真紀子の名前は一度も挙がらなかった。

「マキちゃん、ほんと玲子が好きだね」

「やめてよ」

なにげない相づちに、真紀子は顔色を変えた。細く整えた眉を吊り上げ、目の端を震わせながら光恵を睨む。

「あんな女、大っきらいだった！　ちょっと器用なのを鼻にかけて、目立ちたがりの仕切り屋で、人を馬鹿にして。ああいう人間には、想像力が欠けてるの。苦労する人の気持ちなんか、わからないのよ」

残ったラテを一息に飲み干し、真紀子は音を立ててカップをソーサーへ置いた。拳を固く握りしめる。長めに整えられた爪が手のひらの肉へと食い込んでいる。

黙り込む彼女を前に、光恵は喉が詰まるのを感じた。言うべきことが、たくさんあるのに、なんて言えばいいのかわからない。

「マキちゃん、古生代の分類って覚えてる？」

「なに、急に」

「柿崎先生の遺影を見ながら、思い出してたんだけど。カンブリア紀、オルドビス紀のあとが、出てこないの」

「ばかじゃないの。あなた、昔から変わってた」

真紀子は薄く笑い、こめかみに指を当てた。数秒考え、すぐに口を開く。

「シルル紀、デボン紀、石炭紀、ペルム紀」

「すごい」

「好きだったから、生物。高校の頃、柿崎先生にはずいぶんお世話になったし」

「なんか、マキちゃんいつもバームロール持ってなかった？」

「そうだったっけ。今でも好きよ、バームロール。――ああ、光恵は、あれ、飴をやたらと持ってなかった？」

「持ってた。サクマの三角苺飴」

「今だから言うけど」

「うん？」

「私、苺苦手だったの。もらった飴、いつも鞄の底に溜めて、べたべたに溶かしちゃって捨ててたわ」

「ひどい！」

苦笑いをして目を伏せた真紀子を見ながら、まるで学生時代に戻ったみたいだと思う。光恵は急に、教壇に立つ柿崎先生の声を思い出した。三葉虫やサンゴ、アンモナイト、少し時代をすすめて恐竜、始祖鳥、ウミガメ、サメの歯。さまざまな化石の写真をA4サイズにプリントし、ラミネート加工したものが前の席から順番に回される。なにも考えなければ、これはただの石です、と先生は言った。でもこれらの生き物はかつて、それぞれの母親の胎内から生まれ、這い回り、世界を認識し、時には他の生き物を食べ、自分が食べられることを恐れ、苦しみ、群れを成し、運が良ければ交尾の相手を見つけ、次世代を作り、幸福を味わい、もしくは幸福を味わわず、死んだのです。彼らの生きている間の生々しい姿があるからこそ、これらはただの石ではなく、こんなにきれいなのです。光恵は古生代の地層に、まるで骨のように埋まっているクリーム色のバームロールを想像した。過ぎ去ったものはみんなきれいで、優しい。

真紀子は手首をひっくり返して腕時計を覗いた。美しい銀色の盤面は、おそらくカルティエだろう。

「もう、終電だから行くね」

「マキちゃん今どこに住んでるの？」

「そんなの、どこでもいいじゃない。ほんとは興味なんて無いんでしょう？」

思い出話には応じても、現在にまつわる話題になると真紀子は頰を打つように会話を拒む。ジャケットを羽織り、席を立つ真紀子に続いて光恵も店を出た。半歩先を歩く真紀子は、一度も光恵を振り返らない。

「私、タクシーなんだ。今は実家に戻ってるの」

駅へ向かう階段の手前で声をかけると、真紀子は少し頰を和らげて振り返った。

「実家？」

おかしなことを聞いたとばかりに、唇の端がぎこちなく笑っている。光恵は目をそらすとなく頷いた。

「色々あって」

「ふーん」

じゃあね、と動きかける唇を見ながら、その言葉を遮るように言った。

「マキちゃん、同窓会においでよ」

一瞬、真紀子はぽかんと子供じみた顔をし、すぐに怪訝《けげん》そうに眉を寄せた。

「なんで。いやよ、どうせさっきみたいな、誰が結婚しただの、子供がどうだの、どうでもいい話ばかりなんでしょう？」

「どうでもいい話じゃ、ないよ」

「幹事は玲子？　それとも小関《こせき》くん？　あんな、いつまでも自分たちがみんなの真ん中にいるってうぬぼれてる人たちに、会いたくない」

「確かに幹事はそうだけど……」

もどかしさに舌がもつれ、光恵は顔をしかめた。うまく言えない。けれど、たとえば、酔い潰れた美鈴のどうしようもない寝姿を。もったいない、とまずそうに寿司を口に詰め込む玲子の横顔を。生きている間は家を出られなかった柿崎先生の遺書を。私の、ダメな、千代紙部屋を。きっと、真紀子は見た方が良いのだ。馬鹿にしないで、見た方が良いのだ。

「私も、玲子のこと、きらいになってたかもしれない」

きらい、といった瞬間、舌が痺れた。

玲子が、きらいだった。千代紙の舞う埃っぽい部屋に寝転がり、「須藤《すどう》玲子」の名前を表示して震える携帯電話を静物のように眺めていた。いたわられるほど、みじめで仕方がなかった。玲子が訪ねてくるたび、母親ははしゃいだ様子で「ばしっと言ってやってよ」とはやし立て、帰ってしまうと溜め息をつく。玲子ちゃんは仕事も立派だし、子供もいるし。その先は聞きたくなかった。でも、それでも。

「けど、きらいになれなかったから。同窓会、来た方がいいよ」

真紀子はなにも言わず、春を終えた梅の木のように、じっと静かに立っていた。長い沈黙の後、色の薄い唇をそっと震わせた。

「やっぱり、行けない」

「マキちゃん」

「あの子をきらわないで、どうやっていけばいいのか、もうわからない。ごめんね。今日、誘ってもらえて嬉しかった」

終電のアナウンスがひと気のないホームに響き渡る。ばいばい、と最後にまるで大人の女のように微笑んで、真紀子は階段を上っていった。甲高いハイヒールの足音が光恵の耳の底を鋭く刻む。長く長く、遠い楽器のようにいつまでも響き続けた。

それから二ヶ月後、高宮リサのメールアドレスへ同窓会の案内を送った。宛先不明のエラーと共に、案内は五秒も経たずにメールボックスへ突き返された。光恵は少し泣き、パソコンの画面を落とすと、目の前のティッシュボックスに貼られていた薄紅色の千代紙をゆっくりと剝がし始めた。

ばらばら

那須塩原《なすしおばら》を過ぎた辺りから車窓を大粒の雪が埋め始めた。窓側の席に座っていた玲子はガラスから染み込んでくる冷気に肩をすくめ、バッグからウールのストールを取り出した。新宿駅を出発して、もう三時間は過ぎただろうか。高速バスの車内は気怠い静けさに包まれており、車体の振動に合わせて眠る乗客たちの頭がぐらぐらと揺れる。

玲子の隣、通路側に座っているのは髪の長い少女だった。首筋の頼りなさからして高校生か、大学生だとしてもまだ一、二年生ぐらいに見える。少女はバスの出発時からずっと白いイヤホンを耳に差し込み、いとけない顔を傾けてうたた寝をしていた。

ぽ、ぽ、と窓を叩く雪が重さを増して音を立て始める。渋滞しているのか、気がつけばバスはほとんど動いていない。玲子はセーターの袖を引いてピンクゴールドが光るロレックスの盤面を覗いた。到着が遅れるかも知れない、と旅館に連絡を入れようか。隣の子を起こすのも気が引けるし、もう少し後でいいか。子供や仕事から完全に手が離れた休みなんて、何年ぶりだろう。疲れているようだから、子供たちは俺と義母さんで見てるから、二、三日どこかで気晴らしして来いよ、と無口な夫が言った。もう子供たちは学校から帰った頃だろうか。きっと近くに住んでいる玲子の母にホットケーキミックスで揚げドーナッツを作ってもらっている。玲子も子供の頃に飽きるほど食べさせられた、砂糖まみれの油臭いドーナッツ。

空調のうなりが深くなる。運転手が暖房を強めたらしく、窓がみるみる曇り出す。ふいに足元の冷えを気にするようにスニーカーの爪先を揺らし、隣の少女がまぶたを開けた。まだ夢の中を漂っているぼやけた目線が、真っ白い窓へと吸い寄せられる。あ、と小さな唇が動いた。声に出すつもりはなかったのか、少し照れくさそうに口元を押さえた少女は、横目で玲子をうかがう。目線が重なり、玲子もつられて口角を上げた。周囲の乗客を起こさないよう、心もち低めた声でしゃべりかける。

「降ってきたね」

「ええ」

「夜までもつと思ったのに」

「粒も大きいし、積もりそうですね」

少女は景色の急変には驚いたようだが、雪自体にはそれほどはしゃいだ素振りを見せなかった。きっと雪がそう珍しくない地域に暮らした経験があるのだろう、と見当をつけて玲子は続けた。

「仙台へは里帰り？」

予想通り、少女は頷いて微笑する。みずみずしい葡萄《ぶどう》の実へ歯を立てた瞬間に似た、甘い爽やかさのにじむ笑い方だった。

「はい。正月に帰省しなかったんで、少しは顔を見せに帰ってきなさいって。お姉さんは、お仕事ですか？」

「ううん、旅行。仙台市に少し用事があるから立ち寄って、あとはどこか観光して帰ろうと思うんだけど、おすすめはある？」

「やっぱり松島ですね。牡蛎《かき》もまだシーズンでおいしいし、こんな風に雪が降ってるとまた景色が変わってきれいですよ」

「そう、じゃあ行ってみようかしら」

松島、日本三景。駅のポスターで、丸い島々の背後に夕焼けが広がる美しい景色を見た気がする。けれどそんな雅《みやび》な場所を、果たして今の自分は素直に楽しめるだろうか。

温風を溜めたバスは止まっては進みを繰り返し、やがてぴくりとも動かなくなった。運転手が車内マイクを取る。この先でトラックの横転事故が発生したと連絡が入りました。お急ぎのところ大変申し訳ございませんが、車体の撤去作業が済むまで今しばらくお待ちください。何人かの乗客が携帯を取り出し、ひそめた声で通話を始める。ああ、なんか事故でバスが止まっちゃってさ、こっち大雪だよ。うわ、外すごく降ってる。うん、少し遅れて着くから。玲子も隣の少女に断って旅館へ連絡を入れた。旅館の女性はアラアラアラと賑やかな相づちを打ち、いやねこっちもついさっきから降り始めたんですよ、たらいに湯を張ってお待ちしてますぅ、と語尾を長く伸ばして会話を結んだ。携帯をしまい、ぼんやりと窓を眺めている少女へ顔を向ける。彼女の頬は、心なしか青ざめていた。

「もしかして、寒い？　なにか羽織るもの貸そうか」

「いえ、だいじょうぶです。ただ、なんだか大変なことになっちゃったなって」

「そうね。しばらくはここに籠城ね」

「雪、止まないかな」

止まないだろう、と玲子は綿のような雪片を見上げて思う。重苦しくぶ厚い灰色の雲は、遠い彼方まで途切れることなく広がっている。積もった雪が周囲の音を吸うのか、やけに静かだ。視界いっぱいにチラチラひらひらと動くものがあるのに、まるで耳を失ったかのようになにも聞こえない景色はどこか奇妙で、なつかしい。

ぼんやりと無音の雪を眺めているうちに、眠ってしまったらしい。耳の内側に美鈴の甘ったるい声が響く。玲子は歌でも映画でも、仕方ないとか諦めるとか、そういうのが好きだよね。千疋屋のピーチパフェを細長いスプーンで崩しながら、彼女はそんなことを言った。薄い色をした桃の表面を溶けたクリームがつるりとすべる。ええ？　と中途半端に聞き返したきり、続く言葉を見失い、ただ友人のパフェが崩れていくのを黙って見ていた。あのとき、自分は何のパフェを食べていただろう。つい最近のことなのに、思い出せない。

左手が冷たいものに触れて、夏の終わりのフルーツパーラーから引き剝がされる。目を開くと、隣の少女が玲子の手を揺すっていた。

「お姉さん起きて」

「どうしたの？」

「窓が、雪で塞がって。ごめんなさい、私、こわいんです。起きて」

「落ちついて、だいじょうぶよ」

細い背中をゆっくりと撫で、呼吸を深くするよううながす。ひく、と喉を痙攣《けいれん》させ、少女は血の気の引いた冷たい指で玲子の手を握りしめた。

「昔、エレベーターに閉じ込められたことがあるんです。それ以来、なんだかこういう、閉じ込められてて周りが見えないっていうのがすごくだめで……」

「わかった。だいじょうぶよ、だいじょうぶ。きっともうすぐ動くから」

「おしゃべりしてて、もらえませんか」

うつむいた少女の顔からぱたぱたと温かい雨が降る。落ちた水滴が玉を結んだ絹のような手を見ながら、この子は会ったばかりの見知らぬ相手に、よくこんなに体を投げ出すようにして甘えられるものだ、と思う。水分がたっぷりと詰まった、ものすごく傷みやすいものを目にしている気分だった。なりふり構っていられないほど閉所が苦手だということか。でも私はこの子と同じ年の頃も、どんな状況であれ、こんな風には泣かなかったな。つらつらと考えて弱々しく震える手を握り返す。少女の指は少し湿っていて、柔らかい。

「いいわよ、気晴らしになにかしゃべってましょう」

繋いだ手を遊ぶように座席に弾ませると、少女はほっと頰をやわらげた。

少女はエガワサクラコと名乗った。きれいな名前ねと相づちを打てば、「四月生まれだから。うちの親、単純なんです」と苦笑する。仙台生まれで、今は東京の薬科大学に通っていること。化学は得意だったはずなのに、あまりに講義の内容が難しくて早くも挫折しそうなこと。ビリヤードのサークルに所属していることなどをしっとりと耳馴染みのいい声で語る。

「ビリヤードって、めずらしい」

「父に教えてもらいました。うちに台があって、それで」

小鳥のさえずりに似たサクラコの自分語りを聞きながら、思い浮かんだのは先ほど夢の中でピーチパフェを食べていた学生時代からの友人、美鈴のことだった。人に甘えるのがうまいところが、少し似ている。体育祭でクラスが負ければ泣き、文化祭の劇が成功すれば感極まってまた泣く。嬉しい、楽しい、悲しい、悔しい。美鈴の体からはいつもそんなあけすけな感情が温かい泉のように湧き出ていた。彼女は男女問わずたくさんの人に好かれ、同じだけ、陰で強烈に憎まれた。玲子も初めて同じクラスになったとき、苦手なタイプだと思ったのを覚えている。それなのに、卒業時には特に親しい友人の一人になっていた。きっかけは、美鈴が玲子を頼ったことだった。溝内《みぞうち》さん、これ教えて。溝内さん、玲子ちゃん、玲子、玲子、ねえ、緊張するから職員室についてきて、玲子、玲子大好き、頼りになる。てらいなく、まるで花を一輪渡すような気軽さで人を褒める子だった。それもまた、言葉にはされないやっかみを買った。

「玲子さんの、仙台での用事ってなんですか？」

「ああ、父の墓参りなの」

なにも考えずに答えたものの、まだ世間話での死の扱い方に慣れていないのか、サクラコは一瞬舌を止めた。彼女らのこの不器用さ、取り繕うことの下手さがまた周囲の助けを自然と引き出すのだろう。玲子はサクラコが応じやすいだろう方向へ会話の舳先《へさき》を修正する。

「父さん、飲んべえでねえ。会いに行くのは久しぶりだから、お酒と、なにかおつまみも買っていこうと思ってるの。仙台駅の周りで買いやすいところってあるかしら」

「ああ、それなら駅の近くに海産物が安く売られている市場があります。お刺身もあるし、あと、塩辛とか。ほやの酢の物とか」

「ほやっておいしい？」

「歯ごたえがあって、私はけっこう好きです。お母さんが捌《さば》いてるのを見てると、グログローって感じですけど」

他愛もない会話を重ねるうちに、少しずつバスが動き出した。滑り止め舗装を踏んだ車体ががたごとと左右に揺れ、窓を埋めていた雪のかたまりがぽろりと落ちる。薄く貼りついた氷の粒の向こうに綿雪に覆われた山が見えた。もう福島県に入っただろうか。

サクラコは深く息を吐き出し、照れくさそうに繋いだ手を外した。ごめんなさい、ありがとう、助かりました、と告げられる声の丁寧さになんだか居たたまれなくなる。いえいえこんなのぜんぜんよう、と返すこちらの声は、どうしたって彼女のようには澄み切らない。

午後八時過ぎ、予定から三時間遅れて粉雪の舞う仙台駅へ着いた。こちらではそんなに降らなかったのか、ロータリーを染める雪はシャーベット状で、しゃりしゃりと踏み砕けるほど薄い。別れの際、水玉がプリントされたストロベリーピンクのキャリーバッグを引くサクラコは「よい旅を」と笑顔で片手を揺らした。海産物を売る市場へ立ち寄ろうかと一瞬思い、けれど疲れていたのでやっぱりやめて、タクシーを拾った。

橙色の光がにじむ格子戸を開くと、えび茶色の着物を着た旅館の女将《おかみ》はお待ちしてましたようと明るい声で迎えてくれた。フロントのソファの足元には清潔な湯を張った琺瑯《ほうろう》のたらいが用意されている。靴下を脱ぎ、ジーンズをふくらはぎの半ばまで引き上げて感覚のなくなっていた爪先を湯に浸せば、そこから体がとろけていくかと思うほど温かい。なんでも江戸時代から続く冬場のもてなしなのだという。

障子戸に雪の影がちらつく青畳の個室へ通され、すぐに夕飯が運ばれてきた。食前酒の梅酒が舌に優しい。そう高い部屋ではないので料理の品数は多くないが、餡のかかった甘鯛の蕪蒸《かぶらむ》しと葉わさびの和え物がおいしかった。腹が満ちて、ふう、と丸い息を吐き出しながら畳へ仰向けに寝転がる。手探りでハンドバッグから携帯を取り出した。夫からのメールが一通。『ちゃんと寝たぞ』という件名で、布団にくるまる息子たちの写真が添付されていた。二つ並んだ頭の、髪が短い方。七歳になる兄の芳之《よしゆき》の丸いつむじを見つめる。おかあさんがこわい、とこの子は夫の前で泣いた。

春海《はるみ》、斎藤、溝内、須藤。

これらはすべて、玲子の名字である。はじめまして、春海玲子です。こんにちは、斎藤玲子です。溝内玲子です、仲良くしてください。須藤玲子です、どうぞよろしく。

春海は実父の名字、斎藤は母親の旧姓、溝内は母親の再婚相手の名字、最後の須藤は今の夫の名字だ。

　玲子の遺伝子上の父である春海克明《かつあき》は、横浜で親から引き継いだイタリアンレストランを経営していた。玲子の持つ、さほど枚数の入っていない家族アルバムには、頭に赤いリボンを付けた幼い自分が彼の店らしき場所でバースデーケーキの蠟燭に息を吹きかけている写真が残されている。玲子が生まれる以前は月の終わりに高価なワインを開けてスタッフに振舞うほど景気がよかったらしいが、幼稚園にあがる頃には長引く不況に耐えきれず、次第にレストランの経営は悪化した。昔から父は苦しくなると酒に逃げる癖があり、それが離婚のきっかけになったのだ、というのは後に母から聞いた話だ。本当にそうだったのかも知れないし、単純に母が稼ぎの悪くなった父を見捨てたのかも知れない。離婚後に一度だけ一緒に出かけ、デパートでチョコレートパフェを食べさせてくれた父方の祖父母は、苦り切った顔で母とはまったく別の物語を玲子に話した。お互いが半分ずつぐらい本当のことを言って、半分ずつぐらい言葉を濁していたのだろう、と今では思っている。

　母に連れられて家を出る際、克明は玲子に一通の手紙を渡した。そこにはブルーブラックのインクで綴られた跳ねのきつい筆跡で、自分は離れていてもいつでも娘を思っていることと、なにか困ったことがあったら連絡するように、と見知らぬ電話番号が書き込まれていた。

　玲子へ、と書かれた白い封筒を手に七歳の玲子が思ったのは、「よくわからない」だった。

父も母も、まるでお芝居をしているように見えた。父が悪いのだと言う母の言葉も、俺たちは運が悪かったのだという父の言葉も、あんたの父ちゃんと母ちゃんは実はずっと仲が悪かったんだよ、と言う祖父母の言葉も。時間が過ぎれば「あんなのはぜんぶ嘘だよ！」という種明かしとともに洗い流される類のものに思えた。

離婚から間もなく玲子は母の故郷である千葉に移ることになり、母方の祖父母の家から斎藤玲子として新しい小学校に通った。賑やかで騒々しい、休み時間にはみんな一斉に校庭の登り棒やブランコに向けて走り出すような田舎の学校だった。すきま風の通る木造校舎は夕方になるとやけに薄暗く、下駄箱のすのこはぼろぼろで、踏むたびにカコンカコンと間の抜けた音がした。横浜にいた頃に通っていた様子のいい私立小学校とはだいぶ雰囲気が違う。けれど、幸いにも気さくな友達に恵まれ、玲子は千葉の学校を楽しむことが出来た。もともと骨が丈夫で、運動が得意だったことも幸運だったのだろう。放課後によく行われていた男女混合のドッジボールで最後まで生き残るたびに、クラス内での自分の地位が安定していくのを感じた。

祖父母は突如手元に転がり込んだ孫をめいっぱい甘やかしてくれたし、スーパーでパートを始めた母も運動会にはたらこや梅のおにぎりを作って駆けつけてくれた。千葉での暮らしは楽しかった。けれど毎晩風呂上がりに自分の部屋へ帰るたび、玲子は父の手紙が入った巾着袋を首にかけたうさぎのぬいぐるみを見ながら、まだお芝居が終わらない、と思っていた。まだ、まだ。

小学五年生の秋に、玲子の母が同窓会をきっかけに親しくなった男性と再婚した。彼は埼玉に暮らしていて、都内の新聞社に勤めていた。玲子は溝内玲子となり、母と一緒に男性のマンションへ移り住んだ。

父というのは太鼓腹で、低い声でしゃべり、太い指には黒々とした毛が生えているものだとばかり思っていたので、溝内岳志《たけし》に初めて会ったときには驚いた。新しい父は、物静かな痩せた人だった。猫背で、いつも銀のフレームの眼鏡をかけていて、宇宙人のように長い指に毛はほとんど生えていない。岳志ははじめ、玲子のことを「玲子ちゃん」と呼び、慣れてきてからは「れい」と呼んだ。れい、箸の持ち方がへんだ。こうして、そう、中指は動かさないようにしなさい。玲子の箸の持ち方に言及したのは岳志が初めてだった。いくら正されても玲子の握り箸は直らず、実は今でも中指が不自然に折れた持ち方をしている。

編入した埼玉の小学校ではいじめにあった。きっかけがあまりに些細で、玲子はよく覚えていない。たぶんクラスのリーダー格の女子からきらわれるようなことを言ったか、やったか、その程度のことだろう。ある日突然、給食の時間に班の誰からも机をくっつけてもらえなくなった。さらに、運動が出来ること、女子の誰よりも遠くへボールを投げられることは

「ゴリラ」と揶揄《やゆ》されるようになった。

ばらばらだ、と思い始めたのは、その頃からだと思う。ばらばらだ。私の体を包む世界は脈絡がなくて、私を守ってくれる約束事など何もなくて、ビーズのネックレスみたいに、一度パチンと鋏《はさみ》を入れてしまえばばらばらにほどける。熱を分かち合うほど隣り合っていた粒も、遠くへ、二度と出会わない箪笥の裏へと簡単に転がり消えてしまう。

玲子は誰にもいじめのことを相談しなかった。六年生の夏、足をひっかけて転ばされたり、座りかけた椅子を引かれて尻を打ったり、水着をゴミ箱に捨てられたりしたため、いつも半笑いでそれを眺めていたリーダー格の女の子を、休み時間に力任せに殴りつけた。頬骨か、歯か、握りしめた指の背が柔らかい頬の肉越しになにか硬いものを打ち抜いた感触を、今でも覚えている。彼女は口から血を垂らしながらなんで自分がこんな仕打ちを受けるのかわからないとばかりに泣きじゃくり、双方の親が呼び出された。はじめは玲子の母が一方的に頭を下げていたが、他のクラスメイトから「溝内さんはあの子に嫌がらせをされていた」という声が上がると事態は複雑さを増した。一週間後、玲子は殴りつけたリーダー格の女子と一緒に担任の前で謝り合うという芝居を強いられ、この件は流されることになった。それから卒業までの約半年、嫌がらせは無くなったものの、玲子に話しかけるクラスメイトは誰もいなかった。

玲子は深夜に何度か目を覚ました。直純《なおずみ》が泣いている。トイレか、それともまたお化けが出たというのだろうか。そう思って重いまぶたを持ち上げても灯を落とした和室に人の姿はなく、遠くを走る救急車のサイレンがかすかに聞こえるばかりだ。枕元の携帯電話の画面を点す。午前二時。眩しい画面を畳の方へとひっくり返して、もう一度布団へもぐる。糊のきいた旅館のシーツが頬を擦る。耳元でずっと管楽器が鳴っていて、あまりにも長く鳴り続けていたものだから鳴っていることすらわからなくなっていた。けれど今、一時的に楽器が止み、驚くような静けさの中で深く深く眠れる。そんな気分だった。今ごろ自分の代わりにトイレに起こされ、お化けに起こされ、もしかしたらおねしょの後始末をしているだろう夫を思う。非常口になってくれた。おかあさんこわい。すこし休めよ。バスタオルにおねしょが染みいる生温かさ、寝不足で見上げる部屋の天井が驚くほど狭く見えることを思い出すうちに、意識が途切れた。

翌朝、障子越しの薄い日射しに誘われて携帯のアラームが鳴る前に目が覚めた。頭の中がすっきりと甘い。朝食にはまだ時間があるので、洗面具を持って宿の大浴場へ向かった。四畳ほどの内湯の他、ガラス戸の向こうには中庭に臨む造りで石を組んだ露天風呂が設置されている。全体をうっすらと覆う雪の衣のせいか、丸く刈り込まれた庭の木々はやけに黒っぽく見えた。カランの前に腰を下ろし、木桶に溜めた湯を被る。体をこすり、炭のシャンプーで髪を泡立てる。無意識に爪先立った足の指の隙間を泡の混ざった湯がとろとろと流れ、排水溝の暗闇へ吸い込まれていく。

ガラス戸を開け、肌を切る冷気に震えながら乳白色の湯気に目を凝らすと、露天風呂には二名の先客がいた。白髪の混ざった、自分よりも二十歳は年上だろうご婦人が二人で湯に浸っている。一人は大柄で肌が焼きたてのパンのように張っていて、もう一人は白鷺のように痩せていた。おはようございます、と声をかけると二人とも大きな鳥が翼を広げるような鷹《おう》揚《よう》さで挨拶を返した。玲子は二人から少し離れた場所へそろりと体をすべり込ませる。婦人たちはしきりに雪化粧した庭の風情を褒めていた。ほら、あの木は雪吊りをしてある。ああ、あれが雪吊りっていうの。そうよ、枝が雪に負けないようにああして結んでおくの、私の実家でもよくやった。なんだったかな、兼六園？　そうそう、石川もいいね、いい温泉があるし。庭にはさほど関心を持たず、玲子は談笑する婦人らの肩の辺りをぼんやりと眺めていた。大柄な婦人は太っているというよりも骨太な印象を受ける。年齢の割に、肩も胸元も頬もつやつやと輝いて、力強く湯を押し返している。丸い乳房の位置が高い。いいな、健康そうだな、と思ううちに渦を巻くのぼせを感じて婦人らよりも先に露天風呂を出た。普段シャワーばかりで済ませるせいか、高い湯温が肌に染みた。

脱衣所で下着に足を通す瞬間、ああ、男性だったのかも知れない、と遅れて気づいた。骨の太さ、丸く張った乳房の高さ。感じのよい微笑は豊かに実を膨らませた麦のようで、玲子が同性から受ける、百合の花の匂いに似たどことない生臭さを感じなかった。付き合いの長い友人と湯巡りをしているのだろうか。清潔な景色だ、と思う。けれどなにが清潔なのかはよくわからない。

耳の内側でかちん、とビーズ玉がぶつかる音がする。まったく関係ないけれど、会った。会って、そして、私は今まで触れたことのない清潔さについて考えている。意味など無い、誰の作為も無い、けれど目に映して、考える。朝食は湯豆腐と塩鮭だった。グレープフルーツジュースが付いていた。

ドッジボールでタケちゃんにドンってされちゃった、と芳之が言ったのはまだ通学路のそこここに菜の花が咲いている季節だった。玲子は流しに立って、人参の皮をピーラーで剝いていた。共働きで慌ただしくても、週に三度ぐらいは子供に母親の作った夕飯を食べさせよう、と出産の際に夫と話し合って決めた。今日は蓮根と人参のきんぴらと、蒸したかぼちゃにバターとマヨネーズをのせたもの、あと冷凍庫に突っ込んであったししゃもを焼く。玲子が料理を作る代わりに、夫は毎晩息子たちを風呂に入れて寝かしつける。他にも、ゴミ出しと風呂場の掃除、土日の布団干し、洗濯物を取り込むのは夫、買い出しに洗濯、全体の掃除、子供の送り迎えは玲子という具合に夫婦の役割は分担され、日々降り積もる雑事をテトリスの最上部をさばく慌ただしさでやりくりしている。月日の流れがとても早い。春の展示会に顔を出したと思ったら学校からプール開きに向けた結膜炎への注意喚起のプリントが届き、遠足の支度が終わるとすぐにクリスマス商戦が始まる。バレンタインの企画を考えつつ学期末の保護者会に出席して、ふと息をつけばもう次の春だ。

絵の具のチューブから絞りだしたような橙色の皮を三角コーナーへ落としながら、玲子は「されちゃった」について考えた。ちゃった。ちゃった、ということは、事故か何かなのだろうか。違う、ドッジボールなら、ボールがぶつかるのは当たり前か。なら、ドッジボールで、よく遊び友達として名前が挙がるタケちゃんにボールを当てられて負けちゃった、ということか。それなら普通のことだ。納得して、皮の剝き終えた人参を今度は細く刻んでいく。

「ケガしなかった？」

「しなーい」

「そう」

子供同士ならそういうこともあるだろう。はじめはそんな風に考えていた。

それから間もない個人面談の席で、芳之が五人分のランドセルを持たされて下校していたらしいという話を担任から聞いた。赴任したばかりの若い女教師は難しい顔で「ただの遊びの一環という可能性もあります」と言い足した。「私も、次の電信柱までねって約束で、友人とじゃんけんをして荷物を持ち合ったことはありましたから」玲子ははあ、と相づちを打った。

十五分程度の面談を終え、学校の廊下というのはこんなに狭かっただろうかと思いながら図書室へ向かう。芳之は奥の席に座り、音を消したニンテンドーDSで遊んでいた。

「帰ろう。お待たせ」

夫似の丸い目がこちらを見上げ、センセイなにか言ってた？　と小さな声で聞いた。

「言ってないよ」

「ふーん」

芳之はランドセルに結んだ定期入れのチェーンをいじくりながらついてくる。学校の周りで手を繋ぐのを、いつのまにか嫌がるようになった。今日の体育で大縄飛びをやったこと、何回やっても三十回で誰かが引っかかってしまうこと、マサミくんが片足だけでぴょんぴょんと跳び始めて、それを他の男子が一斉に真似をして、けれど先生に見つかって叱られたことなどを明るく弾んだ声で語る。あんたも片足で跳んだの？　上手に跳べた？　と脈絡のない話に相づちを打ち、玲子は日暮れの商店街でコロッケとメンチカツを四つずつ買った。交通量の多い道路を渡る際、片手を差しだすと芳之は素直に指を握る。学校からある程度遠ざかれば手を繋いでもいいらしい。湿った手をゆるゆると揺らしながら、なにげなく息子の顔を覗いた。

「お友達と喧嘩したり、なにか困ったりしたことある？」

「はあ？　別にそんなのないし。なに言ってんの」

そんなことを聞かれるのは心外だ、とばかりの素っ気なさだった。甘えたり、急に突き放したりと、芳之の口調はすぐに揺れて落ち着きがない。アニメや漫画で仕入れた言葉をそのまま消化せずに使っているようにも思える。その「はあ？」って言うの止めなさい、と促すとふてくされたようにそっぽを向いた。

「ないならいいけど、イヤなことがあったらちゃんとイヤとか、止めてって言うのよ」

丸い目はこちらを向かず、まるでなにも聞こえていないかのように薄暗い道の先ばかり見つめている。へんじ、と促せど、息子はかわいげのない無視を続けた。

それから間もなく、芳之は大事にしていたニンテンドーDSを持ち歩かなくなった。どこへやったの、と聞けば「タケちゃんに貸した」と口をとがらせる。高い物だから貸し借りしないで返してもらいなさい、と続けたところ、タケちゃんが買ってもらえないって言うから、シンセツで貸してるの！　と泣きそうな顔をしながら鋭い声で言い返してきた。

ぶるぶると肩をふるわせ、鼻の頭を真っ赤にした芳之を見ながら、不思議だ、と思った。私の子供なのに、どうしてこんな風に育ったのだろう。こんなに弱くて、脆《もろ》くて、勘の鈍い、自分を守る術を持たない子になったのだろう。

数週間後、芳之の色鉛筆セットがなくなった。お小遣いを貯めて買ったヒーローもののシャープペンもいつのまにか使っていない。ちゃんと音楽のリコーダーや家庭科で使用する食材を持っていっているのに、最近これこれの忘れ物が多くて、と担任から電話がかかってくる。なんでなの、どうしてなの、と問いを重ねるほどに芳之は口を開かなくなっていく。どうして、の問いかけは次第に色合いを変えた。どうしてだろう、どうしてだろう。どうしてこの子は、わからないのだろう。

「いじめられてるならちゃんと言いなさい、お母さん一緒に考えるから！」

とうとう口に出してしまった日、芳之はまっ青な顔でランドセルを床へ叩きつけた。蓋の留め具が弾け飛び、ノートや筆箱、教科書の他に、十円玉とクレヨン、紙粘土の恐竜、匂い付き消しゴム、ゲームカードやバネ付きのロボット玩具。色鮮やかで細かなもの、大事にしてきたものが花火みたいにフローリングへ弾ける。

ぶるぶると震える息子のつむじを見つめる。触らないで、と小さな体が声も出さずに叫んでいた。触らないで。だから、触ることが出来ないまま、二人で立ち尽くした。

でも、私は母親なのだ。こんな息子の癇癪《かんしゃく》に動揺して見せるわけにはいかない。そう、みぞおちに力を入れるように念じて膝を折り、そっと丸い肩を撫でる。芳之はさも重たげに首を振り、自分の部屋へと入っていった。

その夜、息子は夫の前で、教室での嫌がらせよりもなによりも、おかあさんがこわいと泣いた。

十時過ぎに旅館を出ると、外では軽い羽のような雪が舞い始めていた。見上げた曇天は明るい。これ以上強くなることはないだろうと、玲子はそのまま人の気配の乏しい古い町を歩き始めた。右手には、旅館の売店で買ったビールと塩辛を提げている。近くにいくつかガイドブックに載るような有名な寺があるはずだが、平日ということもあってか観光客の姿はほとんど見られない。寒さのせいか、住人もさほど出歩いていない。最寄りの停留所へ到着し、十分待つと水色の縞模様のバスがやって来た。

目当ての墓地は、山を背にした住宅街の片隅にあった。周囲を道路に囲まれた三百ほどの墓石が並ぶ公営墓地で、隅には痩せた楓《かえで》の木が植えられている。錆びた金網の向こうは倉庫が並ぶ工業団地になっており、玲子がそこにいる間、企業名が刻まれた門の付近に人の出入りはまったくなかった。大通りからも駅からも遠く、音のない、そばを通る人間のほとんどが次のまばたきで忘れるだろう空白と無為に覆われた一区画。管理も行き届いてはおらず、昨晩の雪に覆われた墓石と墓石の間には根の深そうな雑草が途切れることなく蔓延《はびこ》っていた。

高校一年の時、見覚えのある名字が綴られた死亡通知が届いた。差出人は春海まどか。かつて玲子の父だった春海克明の、現在の妻らしい。葉書には、病気療養中だったが症状が悪化し急逝したこと、すでに近親者で葬儀を済ませたこと、今までの付き合いの礼と、墓の場所が記されていた。何十、何百人に同じものが配られているのだろう味気のない葉書は母の手でピザ屋のチラシや公共料金の領収書が入った台所の引き出しにしまわれ、しばらくして玲子がそれを抜き取った。押し入れの段ボールから巾着袋を首へかけたうさぎのぬいぐるみを引っ張り出し、埃を払う。

久しぶりに取り出した父の手紙は、封筒の端が折れて丸くなっていた。二つ折りの便箋を開き、年月を経てなお色濃く刻まれたブルーブラックの筆跡を眺める。いつもお前のことを思っている。何かあったら連絡しなさい。結局一度も電話をかけたことはなかった。困っても、さみしくても、いじめられても、かけなかった。母に嫌がられたなどそれらしい理由があるわけではなく、なぜか物心ついた頃からずっと、玲子は他人に頼る、甘えるということがうまく出来なかった。

十の数字が並ぶ、電話番号。

この番号は死んだのだ。もうどこへも繋がらないのだ。もちろん、もっと前から引っ越しなどで繋がらなくなっていた可能性はある。けれど玲子はこれまでにたったの一度も、この番号の先に父がいないという状況を想像したことがなかった。玲子の中の世界で、この番号はいつだって父へと繋がり、彼はいつまでも存在して、爪を切り、煙草を吸い、床に広げた新聞をめくっていた。

便箋を畳み、再び封筒へと差し込んで、死亡を伝える葉書と一緒に巾着袋へしまった。それ以外に、どうすればいいのかわからなかった。遠い他県への墓参りなんて、むなしいだけだろう。第一、なにかの偶然で父の新しい妻だという人と会ってしまったら、どんな顔をすればいいというのか。自分にはもう溝内の名字をくれた新しい父がいる。お父さんと、呼んだことはないけれど。もう自分は大きくなった。生徒会の副会長だってやっているし、部活での人望も厚い。だから、そんな、かつて父だったもう顔もおぼろげな人が亡くなったぐらいで、どうこう思う必要はないのだ。そんな風に思考を外堀から埋めていき、うさぎのぬいぐるみをまた押し入れの奥へとしまった。その巾着袋を再び取り出す日が来るなんて思ってもみなかった。

芳之が泣いた夜、夫婦の間では話し合いがもたれた。お前、少し休んだ方がいい、と義父に似て言葉少なで、線の細い夫は言った。たまに、ものすごく暗い、疲れた目で芳之を見ている。それじゃああの子も辛い。夫は一言も玲子を責めなかった。なるべく早く休みを取って、二、三日あの子から離れて、気分転換してこいよ。そのあいだは俺と義母さんで見てるから。玲子はすぐに「自分の子供がいじめられているかも知れないのに離れられるわけがない」と言い返した。すると夫は合わせた目をまったく揺らさないまま、「心配なら、お前がいないあいだ、芳之は風邪を引いたことにして休ませる」と続け、一拍を置いて、「嘘なんか、いくらついたっていいんだ」と付け足した。

夜風の吹きつける角度が偏っていたのか、家名の刻まれた面を白くした墓が多い。凍った墓石の雪をざらざらと払って、埋もれた文字を拾っていく。井口、笹塚、落合、三島。ハンカチを握る指が赤く染まり、感覚が遠のいた。松原、遠藤、清水、向井。掃除のされた墓、荒れた墓、花の挿された墓、枯れ草に埋もれた墓。

春海家之墓と刻まれた墓石は、入り口から三列ほど進んだ場所にあった。石は無個性な濃い鉛色で、星のような白い模様が散っている。はるみけのはか、と小さく読み上げ、石の全体から雪を撫で落とした。爪の間にガラス片のような氷の粒が入り込む。この人に触れるのは久しぶりだ、と思った後に、自分が意識せずともこの冷たい石を父だと認識していることに少し驚く。

お父さん、と言ってみる。いつか終わると思っていたお芝居が終わらない。ばらばら、の、心もとなさが、終わらないよ。玲子は歌でも映画でも、仕方ないとか諦めるとか、そういうのが好きだよね。美鈴の言葉が蘇る。好きなわけではない。ただ単純に、私の生きてきた時間はそんなことばかりだったから、そうではない人の気持ちがわからない。ばらばらを心の内側に持たない、みずみずしく傷つきやすいものを憎んでいたい気持ちがある。

目前で、墓石は再び白く染まっていく。缶ビールと塩辛を供えようとビニール袋を浮かせ、やっぱり父の今の奥さんが不審がるかと思って止めた。

触れたい、ともう一度思って指を伸ばす。背中をさするイメージで凍えた石を撫でる。実家のアルバムの写真が少ない理由も、十年以上接点がなかったのに未亡人が過去の家族へ死亡通知を発送してくれた理由も、本当はちゃんとわかっていた。電話を、一度ぐらいかけてみればよかった。

薄い雪が止まない。静かすぎて、自分がどこにいるのかわからなくなりそうだ。ここに来れば泣けるかと思ったのに、寒さに痛む目は少しも潤んでくれない。父は薄情な娘を恨んでいたかも知れないと、考えてしまう臆病さを越えられない。ここにいるのが美鈴だったら、バスで出会ったサクラコだったら、体の外に救済があると信じている柔らかい人間だったら、わっと泣き伏して、なんらかの胸を切り開いた正直な言葉をかけて、沈黙する死者とですら美しい和解が出来てしまうのではないかと、思ってしまう。

無意識に目線が下がり、ふと、墓の花立にしおれかけた白菊が供えられているのに気づいた。その隣、水鉢の上には雪が盛り上がって溜まっている。そっと指で払うと、そこにはいくつかの黒飴と人形焼きの包み、小振りの蜜柑が供えられていた。

ここに、私を助けてくれるものはなかったけれど、父が誰かに大切にされていて良かった。本当に良かった。肺の奥の温かい息があふれ出すように思い、もう一度手を合わせてその場を離れる。仙台駅へ向かうバスの中で短く眠った。

その日のうちに帰ってしまおうかとも思ったが、駅に着いたら近年まれに見る寒波の影響で福島県南部の中通りが大雪に見舞われ、新幹線の運行がストップしていた。JRの案内板によると、沿線のあちこちで倒木と小規模の雪崩《なだれ》が発生しているらしい。夜行バスも同様に運行が乱れるだろう。玲子はもう一泊、仙台駅前でホテルを取ることにした。

ちょうどいいよ、と夜中に通話の繋がった夫は答えた。持ち帰りの仕事をしているのか、声の向こうにぱたぱたと薄いキータッチの音が聞こえる。

『明日も休みは取れてるんだろう？　ならゆっくりしてこいよ。うまいもの食ってさ』

「子どもたちはどうしてる？」

『今夜はお義母さんたちのところに泊まりに行ってる』

「芳之、休ませて、どう？　びっくりしてない？」

『落ちついてるよ。定年で岳志さんも時間があるから、一日ずっと構ってくれたらしい。そっちの雪はだいじょうぶか？』

「うん、そんなに降ってない。局地的なんだと思う」

ぱたた、とまた軽い指の音が鼓膜を撫でる。玲子は携帯電話を持ち直した。向こうにはコーヒーをする水音が伝わっていることだろう。ホテルの備品の湯呑みへ注いだ、インスタントのあまりおいしくないコーヒー。

「今日、お墓に行った」

『誰の墓？』

「親族のお墓」

玲子の母が再婚であることも、岳志が実の父ではないことも、夫は既に知っている。けれどなぜ実父の墓に行こうと思うのか、うまく説明出来る気がしなかったので、ただ「仙台に行ってくる」とだけ伝えてきた。そうか、と柔らかい相づちが返り、円の描き始めと終わりが繋がるように、ゆるやかに会話が絶えた。

夫は通話を切らない。雨だれのようなキータッチの音が沈黙を繕う。いつもいつも忙しかったから、こんな風に黙って、まるで逆さにした砂時計の一粒一粒を目で追うように、丹念に時間を分かち合うのは久しぶりだ。カーテンを開くと、暗く沈んだ町並みを青白い雪が覆っていた。夫はなぜ通話を切らないのだろう。思った瞬間、自然と唇が動く。こわい、とか、ふあん、とかそんなありきたりな言葉がこぼれかけて、止める。そんなものじゃない。そんなものじゃないと理解して、嚙み砕いて、そぐう言葉を探すのに、本当に長い時間がかかった。

「私の中で、いつも、骨みたいなものが、足りなくて」

窓に映る、すっぴんで、右目の真下にほくろがあるショートカットの女が、まるで能面のような顔で口を動かしている。夫はうながすように黙っている。息を吸い込んで続けた。

「肋骨が一本足りないとか背骨が一本足りないとか、そんな感じで。別にやってはいけるんだけど、たまに、あ、ないなって。なんでか昔から、すかすかして、落ち着かなくて。足りないものを、補うみたいに、いつも力がはいって、て」

玲子ちゃんはしっかりしてる。玲子ちゃんは頼りになる。玲子に任せれば安心。玲子はうちらと違うから。玲子、玲子ちゃん。

「いつか足りる、この変な状態が終わるって、ずっと思って待ってるのに、終わらないの」

気がつけば、指の音が止んでいる。夫が口を開く、気配がした。

『お前の骨は、ちゃんと、足りてる』

「芳之が、私と同じじゃないと許せなかった」

『あいつは、本気でお前をこわがってるわけじゃないさ』

「私、頭おかしい？」

夫は数秒沈黙した。続いたのは色の濃い、舌の熱が伝わるような声だった。

『俺もそういうのは、わかる』

「うそ」

『わかる。うちは、なるべくそう見せないようにしてるけど、昔から親父と、俺を含めた兄弟たちがうまくいかなかったから。年末年始に帰省しなくていいのも、遠いからってだけじゃないんだ』

不思議だ、と思う。暗い窓を、また一ひらの雪が流れていく。こんな話、結婚前にはしたことがない。けれど私は、まるで見えない糸に引かれるようにこの人を夫に選んだ。玲子は歌でも映画でも、仕方ないとか諦めるとか、そういうのが好きだよね。あの瞬間、美鈴の声は多少の哀れみを含んでいた。自分も、けしてよいことだとは思わなかった。けれどもしかしたらそれは、なにも恥じることではないのかもしれない。

お土産に牛タン買ってきてよ、俺、仙台行ったこと無いんだ。そう言われて、玲子はようやく自分が旅行の間に一度も携帯のカメラを起動していないことに気づいた。明日、どこか景色のいい場所でたくさん写真を撮って、持ち帰ろう。子供たちや両親にも、なにか土産を買って帰らなければ。かもめの玉子、母は好きだったな。おやすみ、と言い合って通話を切った。なついた小鳥のような静けさが耳へと戻ってきて、夜が一段深くなる。暗い窓に、うつむいた芳之の白いつむじが浮かぶ。

あの時、なにかを言わなければならなかった。けれどいくら考えても、その言葉がわからない。自分がかつて欲しかった言葉。完全な骨格を作る魔法の言葉。湯呑みに残ったコーヒーを飲み干し、玲子は部屋の電気を消した。

家族になったばかりの頃、溝内岳志は母の友人や親族たちの間で格好の噂の種だった。面と向かっては、誰も彼にそうとは聞かない。けれど母の袖を、もしくは母と交流の深い叔母の袖を引いて、ひそめた声で、さも深刻そうな顔で聞く。溝内さん、前の奥さんとなんで別れたの？　ちょっと、継父なんて最近こわい事件も多いのにだいじょうぶなの？　せめて玲子が中学を卒業するまで待った方がよかったんじゃない？　リビングで、台所で、物干し場で、怯えと期待の混ざった女たちの密やかな会話は止まなかった。小学五年生だった玲子は、食事のたびに箸使いを注意する岳志の硬く冷たい声がわずらわしくて、彼を値踏みする周囲の声が心地よかった。母の再婚について、自分が負荷を与えられた立場としてやけにいたわられるのも、胸の下の方がくすぐったくなった。

当時、事件記者をしていた岳志は休日でも家を空けていることが多かった。週末に泊まりがけで帰った母の実家のリビングで漫画を読みながら、耳をそばだてて台所の会話を聞いていた。つばめも、と祖母のきりりと通る声が言う。つばめも、他の雄のひなは首根っこをくわえて捨てに行くよ。お前が思うより大変なことだよ。ちょうど、そんな虐待死に関する報道が多い時期で、祖母も過敏になっていたのだろう。気色ばむ祖母につられたように、今までほとんど岳志に関することを口にしなかった母が、水を使いながら低くくぐもった声で返した。自分はどうしても子供が作れなくて、だから、娘が出来ると思わなかったって、喜んでた。そんな人じゃない。祖母の声が驚きに跳ねた。それじゃあうちの跡継ぎはどうするのよ、男の子が出来ないじゃない。母は水を止め、そんなの他の二人に頼んでよ、とうんざりした調子で言った。母には兄と姉が一人ずついて、二人とも実家を出て所帯を持っている。それから会話は、上の二人の家庭にまつわるものに変わった。

買ったばかりの新刊なのに、漫画の内容が頭に入ってこない。あの、細かいことばかり言う、いけすかない偽物の父。私を無理矢理、自分がしたかった親子ごっこに付き合わせている。れい、食卓に肘をつかない。れい、今の言葉づかいはよくない。れい、れい。昔の父の方がずっと男らしくて、頼りがいがあって、甘やかしてくれて、よかった。毛の生えたぶ厚い手がなつかしい。岳志なんか、と思えば思うほど、注意をされた鬱憤が晴れていく。義父の一番脆くて弱い部分を踏みしだいている気分だ。岳志も母も、玲子に「お父さん」と呼ばせることを強制しなかった。だから玲子はいつも母を真似て、岳志のことを「岳志さん」と呼んでいた。けれど、頭の中ではもちろん呼び捨てだ。

足音が近づいてくる。玲子はそっと本を持つ手の力をゆるめ、ソファの背もたれに体を預けて目を閉じた。背後から覗き込んだ母が、寝てるの、と呟いて台所へ帰っていく。

どうしてこんなに古い記憶を思い出したのだろう。解け残った雪に足を取られつつ、玲子は鬱蒼《うっそう》とした樹木に狭められた空を見上げた。昨日の雪模様から一転して、薄い色をした清らかな青空が広がっている。

雪化粧の施された松島はサクラコの言う通り文句なしに美しかった。観光をしようにも、ろくな下調べもなく訪れたため、せいぜい瑞巌寺《ずいがんじ》ぐらいしか見どころがわからない。無数のウミネコが飛び交う中、ひとまず目についた長い朱塗りの橋を渡って自然の豊かな福浦島《ふくうらじま》を訪れた。霜柱を踏み、雪の重さでうなだれた木々を掻き分けて遊歩道を散策する。凍えた空気が一呼吸ごとに肺を洗うようだ。十五分ほどで島の高台へ辿りつき、薄暗い樹林が途切れたかと思うと、目前にのどかな松島湾の風景が広がった。海は沖へ進むほど藍が濃くなり、そこへ浮かんだ丸い島々が午前の日射しを受けて柔らかく光っている。最終日ぐらい、雪が止んで良かった。そう思いながら携帯のカメラを向け、景色の一つ一つを写真に納めていく。

きれいに撮れた数枚を夫と母親に送ろうと、携帯のアドレス帳を開いた。サ行から須藤正《まさ》浩《ひろ》の名前を引っ張り出す。夫の名前を見るたび、玲子は彼が収集している古いオイルライターの静かな輝きと、口数少なく周囲をそっと観察する水のような眼差しを思い出す。続いて、マ行を探す。溝内みどり。再婚して、玲子の母の名は少し語呂が悪くなった。春海みどりや斎藤みどりだったらいくらでも子供時代の色濃い思い出があふれるのに、溝内みどりは未だに玲子の中で違和感がぬぐえない。母だけど、母ではない別の人の名前であるように感じることがある。ばらばらのビーズが跳ねる間に変わったもの。普段言葉を交わす人、住んでいる場所、環境、仕事、友人たち。子供の頃、いま自分の周囲にある関係性は微塵もこの世に存在していなかったのだと思うと、なんだか気が遠くなる。

そして溝内みどりの一つ上の欄に表示されている、溝内岳志。母へメールを送り終えてから、据わりのいい義父の名前をなにげなく目でなぞる。

髪を乾かしなさい、と頭にタオルを被せられて、薄く骨ばった義父の手を払った。ドライヤーはきらいだし、丹念なタオルドライも面倒で、小学生の頃、玲子はいつも濡れ髪をそのままにして自然乾燥させる癖があった。母も祖母も特に気にかけなかったため、それが別に変わったことだとは思わなかった。ちょうど転校した小学校で揉め事が起こっていた時期で、イライラしていたというのもある。岳志の何気ない一言、親しげに触れてきた手に、かっと頭に血が上った。

お父さんのフリしないで。

そう、脱衣所の入り口で言い捨てた。眼鏡の向こう、見開かれた岳志の瞳が揺れて、よく研いだ短剣が柔らかい肉にめり込む手ごたえを感じた。叱られたって構わない。お前はきらいだ、都合のいい人形にするな、と大きな声で言い返して、痛めつけてやりたかった。前の父親なら、反抗的な口を利いた瞬間に「親に向かって」と怒声が飛んできたのに、岳志はそのまま、静かに口を開いた。

「それでも、頭を冷やすと、れいの体によくない」

玲子は唇を結び、岳志に背を向けて自分の部屋へ入った。濡れた頭をそのまま枕へ押しつける。

クラスメイトの女子を殴ったのは、それからほんの数日後のことだった。

学校に呼び出された玲子の母は、帰り道に「あんたみたいな乱暴な子供を産んだ覚えはない」と呻《うめ》くように言った。誰かを殴るなんて、お母さんそんなことしたことない。なんでなの。ちょっと嫌なことされたぐらい、口でやめてって言えば済むことでしょう。相手は女の子なのに、顔なんて殴られてかわいそうに。殴りつけた際に相手の歯へ当たったのか、玲子の手は中指の付け根の皮膚が剝けて血がにじんでいた。ひりひりと痛む手を垂らし、玲子は黙ってすすり泣く母の後に続いた。

翌日、玲子はなぜか岳志に連れられて近所の河川敷を歩いていた。おそらくは母が岳志に、何か父親らしい説教でもするよう頼んだのだろう。岳志と二人で当てのない散歩をした記憶なんてその時ぐらいしかないので、あれが特別な時間だったということはわかる。

岳志はなんだかのっぺりとした捉えどころのない顔で、時々こちらを振り返りながら、ほとんど何もしゃべらずに義理の娘の前を歩き続けた。


福浦島を堪能した後、玲子は五大堂《ごだいどう》や雄島《おしま》へも足を延ばし、最後に目当ての瑞巌寺へ向かった。

あいにく本堂は改修中で、建物全体に青いビニールシートが被せられていた。気落ちしながらも参拝を済ませ、白壁が眩しい庫裏《くり》や豪奢な宝物庫を見て回る。

それなりに歩き疲れて満足し、背の高い杉並木の参道を戻りかけたところで、あれぇ、と背後に素っ頓狂な声がかかった。

「バスの……レイコさん？」

振り返ると、そこには見覚えのある少女が立っていた。手に、出会った時と同じキャリーバッグを引いている。

「サクラコちゃん」

「わ、すごい偶然！　松島、来てくれたんですね」

「ええ。あなたも？」

「はい、実家がこの近くなんです。せっかく帰ったんだし、お参りしてから行きなさいって、母が」

寒さで頬を染めたサクラコは、そうだ、と元気よく手を合わせた。

「レイコさん、もうお参り終わったんですよね。あっちの道ってもう行きましたか？」

少女が指差したのは参道の途中から、門を背にして右手の方角へ細く分かれた脇道だった。首を振ると、せっかくだし寄り道しませんか、私、実はこっちの方が好きなんです、と笑って誘う。

参道に比べて人通りが少ないせいか、シャーベット状の雪がべったりと残った細道を足元に注意しながら進んだ。杉の木立を通り抜けると、そこにはまるで岩山の裾を巨人の手でえぐりとったような洞窟遺跡群が参道と並行する形で連なっていた。雪に染まった岩肌には仏教装飾らしき文様が細かく彫り込まれている。ああ、と思わず声が漏れた。案内板によると、鎌倉時代から江戸時代にかけて造営された、納骨や供養のための霊場らしい。洞窟の前や内部にはいくつもの卒塔婆や石仏が並べられている。

サクラコがまるで親しい知人を紹介するような仕草で示したのは、洞窟の前に等間隔で連なる小さな石の観音像だった。像の一つ一つに立て札が添えられ、如意輪観音、千手千眼観音などの紹介がされている。それが三十三体続く。西国三十三観音《さいごくさんじゅうさんかんのん》と呼ばれるらしい。三十三体とも作ったのは同じ彫り師のようで、全体的な造形の丸み、観音像の表情のまろやかさが共通している。仏教とか詳しくないけど、のんびり眺めていると落ちつくんです。なんか、三十三体もあると、仲良かった人に似てるなあって思う仏様もあって、とサクラコは少し照れくさそうに言った。

「あんまり友達には、ばばくさいとか笑われそうで、言えないけど。レイコさんならいいかなって。私の一番好きな場所、見ていってください」

確かに、親しい、という言葉がそぐう石仏ばかりだった。玲子は少女の好意に甘えて一つ一つ、雪の被さった観音像を眺めていった。背後の杉木立が参道を行きかう人々を隔てるせいか、この洞窟群の周囲はあまりに空気が静謐《せいひつ》で、澄んでいて、自分がものすごく奇妙な場所にいる気分になる。サクラコに会わなければ、ここには寄らずに、そのまま土産物を買って駅へ向かっていただろう。バスで出会った少女と参道で再会する確率。また、バスで出会った少女が石仏好きだなんて、そんな年に似合わない趣味をもっている確率。ビーズの触れ合う音がする。ばらばらになって、跳ねて跳ねて、その先でまったく想定していなかったものと出会う。かちんと音を立て、一瞬触れあって、離れる。

同じぐらい、奇妙だと感じる場所に立っていたことがある。

水量が豊かな秋の川を、橋の上から、岳志と一緒に眺めていた。鏡のようになめらかな水面が白んだ空の色に染まり、ゆるゆると柔らかそうに流れていく。水草が大輪の花のように開いてはしぼみ、その真横を泥色の鯉が鱗を光らせて通過する。

岳志は散歩道の半ばを過ぎてもなにも言わないままだった。いつもは口うるさいくせに、と汗ばんだ首筋を見上げて内心で毒づく。やっぱり、本物の父親じゃないから、こういう時には助けてくれないんだ。なにか言ってくれたり、叱ってくれたり、逆に、庇《かば》ってくれたり、しないんだ。玲子は昨日の母の涙声が耳から離れず、ささくれた気分のまま、まだ性格が読み切れない義父の表情の薄い横顔を盗み見た。

この人、困ってる。そんな風に思う。それはそうだろう。こんな、もともと縁もゆかりもなかった十二歳の、しかもクラスメイトを殴りつけるような乱暴者で、言うことを聞かない、お父さんと呼ぶこともしないかわいげのない子供の世話を押しつけられて、困らない方がおかしい。そもそもこの人にとって、誰かの父親になるという想像自体がずいぶん遠いものだったはずだ。父親になれなかった男、という弱みを握った直後は、自分の方がいわゆる世間的な、普通の、過不足のない立場である気がして、ためらうことなく強い物言いが出来た。けれどこうして、学校で問題を起こして親が呼び出される状況になると、急に岳志の方が自分よりも同情されるべきまっとうな立ち位置であるように思えてくる。

気まずさに、息がつまった。このまま一人で走り去ってしまいたい。きっと、岳志だって同じことを考えている。自分も義父も、ひどくちぐはぐで乱暴な場所に放り出されている気がした。

だから、て、と低く穏やかな声で言われたときには、はじめ、岳志がなにを指しているのかわからなかった。

「手を、見せなさい」

近い側の左手を浮かせかけ、違う、と首を振られる。そこでようやく、殴ったときに痛めた右手を見せろと言われているのだと気づいた。手の甲に残る一センチほどの傷口は既に赤黒いかさぶたに覆われ、乾いている。

岳志は玲子の右手をすくい上げるように持つと、わずかに眉間へしわを寄せた。爪が短く整えられた大人の親指が、かさぶたの近くをそっと撫でる。その無口な痩せた男の顔を、玲子はじっと見つめていた。

やがて岳志は手を離し、少しためらってから玲子の頭を浅く撫でた。学校、休んだっていいぞ。ありきたりな呟きに首を振る。そうか、と短い相づちが返って、川を見たまま、それきり義父は沈黙した。

たまに、考えるんです、とサクラコの声が鈴のように鳴る。しゃべり続けていたようだけど、聞こえていなかった。少女は目前に並んだ石仏を見つめていた。

「耳が大きかったり、腕の数が多かったり、顔がたくさんあったり、するじゃないですか。それってきっと、人の姿のまんまじゃ、助けらんないってことなんだろうなって。そう思うと、なんだか限界みたいなものを感じて、さみしい」

玲子はまばたきを繰り返した。無限の微笑を湛える石仏が潤んで歪む。

あの輝くような川辺で、自分は義父が作る沈黙に耐えられず、早く帰りたいとばかり念じていた。彼が手の傷を見て顔をしかめたのは、義娘の暴力の痕跡をきらったからだと思っていた。本当は、違ったのかも知れない。だって、一度も叱らなかった。何度も顔を覗いて、ためらいながら、とても注意深く頭や手に触れた。味方だと伝えようとしてくれていた。家で苛立っていた母から遠ざけてくれた。けれど岳志は私と同じで、何もかもを解決する魔法の言葉など持っていなかったから、ずっとわからなかったし、伝わらなかった。川から帰った後も、その後もずっと、甘え方がわからず緊張していた。就職して自活できるようになると、すぐさま居心地の悪い家を飛び出した。

かちん、かちん、と音がする。あの川辺で、岳志はあらゆる心もとなさを振り捨てて、確かに父親であろうとしてくれていた。ぎこちなく、言葉が足らず、一緒にいると苦しくて、でもあの場所には、何も欠けていなかった。

玲子は石仏を見つめたまま、深く息を吸った。雪の匂いがする冷えた空気が、肺の奥へともぐり込む。母はきっと今ごろ、孫たちの昼食を作っているだろう。岳志は娘と同じ悩みを抱えた孫を、またあの川へと連れて行ったのだろうか。夫は仕事をしているはずだ。昨日はちゃんと眠れただろうか。私、私だって、腕の数は二本、顔は一つしかない。これから、無限になれない体を引きずって、何度もあの子たちを傷つけるだろう。けれど、鼓膜を震わせる美しい音は、どれだけ孤独な場所であっても鳴る。きっと子供たちの耳にも繰り返し響く。ばらばらを越えて、救う力を、持っている。

「そんなに、さみしいものでも、ないのかも知れない」

「レイコさん?」

目尻からあふれたものを、横からそっと押し当てられた少女のハンカチがぬぐった。いやあのね、いい仏さまだなって思ってね、などと慌てて言い訳すると、サクラコはなんだか照れくさそうな、困ったような、目の前の石仏とよく似た、けれどそれには届かない甘い微笑をよぎらせた。

バスの時間があるから急がねばならない、と名残惜しげなサクラコを松島海岸駅まで見送り、玲子は携帯を開いた。実家の母の番号を呼び出して、耳へと押し当てる。

「お母さん？　写真見てくれた？　うん、まだ松島。芳之たちのこと、ありがとね。本当に助かった。お、とう、さんにも、ありがとうって、伝えて」

お土産なにがいい？　と聞きながら薄日に染まる海を振り返った。かちん、と耳の内側でまた小さな運命が鳴る。かもめの玉子ね、と相づちを打って、店への道を急いだ。

ハライソ

もう長い間、石造りの塔を登っている。片手には剣、背中には弓。武器はときどき物陰から躍り出る魔物たちを倒すために必要だ。魔物の他にもパズルや謎解き、迷路のように入り組んだ廊下など、攻略の障害は数多い。

この塔は二人でないと登れない仕組みになっている。離れた二つの部屋で同時にパズルを解かなければならなかったり、二人でなければ動かせない石像があったり。そのため、同行者が一人いる。ヨシノという耳の長い灰色のうさぎだ。二足歩行で、緑色のベストを着て、背中には大きなハンマーを背負っている。

上の階へと向かう階段はぶ厚い鉄の扉で閉ざされていた。扉を開くため、そばの魔法の石版に浮かび上がった数式を解きながら、ヨシノはこんなことを言った。

【来週、先輩の家にお泊まりするんだ】

正しくは「言った」のではなく、ゲームと並行して起動させているパソコンのチャット画面に「打ち込んだ」。扉の解錠を試みるヨシノを背後に庇い、自分の分身である二足歩行の犬のキャラクターを攻めてくる魔物と戦わせながら、浩太郎《こうたろう》はマウスを素早く動かしてチャットの入力ボックスを手前に引き出した。かたた、と指先でキーを弾く。

【せんぱいって、れいの、いいかんじになったたっつー？】

手元が忙しく、漢字変換が面倒くさい。慣れているため、ヨシノは気にする様子もなく文字を打ち返してくる。ゲームと並行してのチャット会話は、二人とも日常茶飯事だ。

【そう。同じサークルの】

【おとまり？　さーくるのなんにんかで？】

平仮名の文面を送信した直後、他の魔物より二回りほど大きくて手強そうな一匹が目の前に現れた。このフロアのボスだ。音楽がアップテンポな激しいものに変わる。ひとまずチャットを後回しにしてゲームに集中した、かたた、かたた、と真夜中の部屋にキーの打鍵音が響く。魔物の急所である頭部を狙って剣を打ちつけ、反撃を防御のコマンドでいなす。数分後、ようやく襲いかかってきた魔物の群れを一掃することができた。どうやらヨシノの方も問題なく扉の数式を解くことができたらしく、振り返れば両開きになった扉の奥に上の階へと続く階段が見えた。

浩太郎は押しやっていたチャットの画面を手前に表示した。先ほどの会話に続くヨシノの返答を追う。

【私一人で】

呟くような四文字に続いて、もう一行、短い文字の並びが付け足されていた。

【どうだろう】

顔を上げると、柔らかな毛並みまでポリゴンで精巧に表現されたうさぎのキャラクターが、感情のない焦げ茶の瞳でじっとこちらを見つめていた。

ヨシノについて、槌田《つちだ》浩太郎が知っていることはけして少なくはない。女性であること、五歳年下で、今は関東圏の薬科大学に通っていること、ビリヤードサークルに入っていて、自分の鼻のかたちがきらいなこと。ロキノン好きで、特にメロディに癖のあるかなりマイナーなバンドを偏愛していること。

幼い頃に住んでいたマンションのエレベーターが故障し、運悪く何時間も一人で暗い中に閉じ込められたこと。それ以来、外が見えない密閉された空間に恐怖感を抱くようになり、それがきっかけで起こった騒動から中学の一時期、学校に通えなくなったこと。

【どっちかっていうと私の方がよくなかった】

そう、出会って間もないある日、不登校の真っ最中だったヨシノは切り出した。

【ヒトミはたぶん、少しふざけただけだった。そういう困らせてきゃーきゃー言わせようとする女子同士のじゃれあいって、よくあるし。むしろ仲が良いからこそ、ああいうことが出来たんだと思う。なのに、外の足音が聞こえなくなった途端、閉じ込められた真っ暗な用具倉庫で、私はパニックになった。ぎゅうって周りの壁が迫ってくる気がして、眩暈がして、お腹が急に冷たくなって、このままここから出られないのかもとか、ヒトミが私がここにいることを忘れたらどうしようとか、誰にも私の声は届かなくてずっと一人で扉を叩き続けることになるのかもとか、イヤな想像がぐるぐるぐるぐる頭を巡って、怖くて、どうしてもガマンできなかった】

長い打ち明け話がタイプされるのを待つ間、浩太郎は頬杖をついて冷蔵庫からくすねた父親の缶ビールをすすっていた。中学高校と男子校へ通い、浪人してからは周囲とろくに交流することもなく予備校と家とを往復していた浩太郎にとって、ヨシノを通じて初めて知ることとなった女子の心情は、やけに新鮮でややこしく、自分と他人の境目が曖昧になっているような未知の感覚を伝えてくるものだった。

不眠症の浪人生と中学二年生の不登校児がインターネット上で出会ったきっかけは、やはりゲームだった。匿名のプレイヤーが協力して大きな怪獣を倒していくという大人気のアクションゲームで、同じ時間帯に夜更かしをしていた二人はたびたびオンライン上で顔を合わせ、お互いのゲームの技量が近かったこともあって、次第に親しくメッセージを送り合うようになった。

はじめの頃は好きな音楽やテレビ番組など当たり障りのないことをしゃべっていたが、真夜中に小さな声でささやき合うのに似た匿名のチャットが、より個人的で親密な色合いに変わるまで、そう時間はかからなかった。特に浩太郎は、ヨシノの悩み相談に乗るのが好きだった。おそらくなかなか打ち明ける相手を見つけられなかったのだろうヨシノは、親しくなるとまるで堰《せき》を切ったように、学校に行けなくなった自分の閉塞した心境をチャット画面に書き込み始めた。顔も名前も学校も、住んでいる県すらわからないこの少女は、いつしか浩太郎にとってもっとも頻繁に言葉を交わす異性となっていた。

「打ち込み中」という表示が出たままになっているチャット画面へ、浩太郎は短く【読んでる】と相づちを打ち込む。

少し間を置いて、再び幅広の文字のリボンが画面に表示された。

【その用具倉庫は古くて、もうだいぶ前から使われてなくて、普段はあんまり生徒も先生も通らない部活棟の端っこにあるんだけど、私が扉を叩き続けたせいで、しばらくすると外に人が集まり始めた。鍵がどこにもないぞって先生の声もした。鍵がないのは、ヒトミがもってるから当たり前だった。しばらくして、学年主任の先生が予備の鍵で扉を開けてくれた時には、私はもうぼろぼろに泣いて、すごく情けない顔をしてたと思う】

すぐに「いじめだ」と誰かが言い、犯人捜しが始まった。扉の外に集まった人の多さに、ようやくヨシノは、自分の過敏な反応が他愛もない悪ふざけを深刻ないじめとして周囲に受け取らせてしまったことに気がついた。誰にやられたと聞かれても、なにも言えなかった。ヒトミの名前を出したが最後、彼女はいじめの主謀者として吊し上げられてしまう気がした。女子数人でかくれんぼをしている最中に自分でこの倉庫に入り、扉を閉めた際に誤って鍵をかけてしまい、出られなくてパニックになった、と弁明したものの、担任の一本気で真面目な男性教師はそれを脅されている生徒の言葉として取ったようだった。倉庫から出てもなお動悸と眩暈がひどくて座り込んでいたら、保健室で一休みして今日はもう帰りなさい、と担任に肩を叩かれた。

翌日、クラスで出会ったヒトミはヨシノと目を合わさず、口もきいてくれなかった。どうやらヨシノが早退した後のホームルームでいじめに関する調査が行われ、女子の数人が個別に職員室へ呼ばれたらしい。ヒトミだけでなく、他の親しかったクラスメイトもどこかヨシノを避けるようになった。いじめがあったらしいよ、あいつとあいつ、といった噂話はすぐに学年中を駆け巡り、ヨシノは次第に登校するのが気重になった。朝、革靴に足を差しこむとみぞおちが痛む。クラスの全員に、お前は嘘つきのきらわれ者だと言われている気がした。

【用具倉庫の鍵は、違う学年の校舎のゴミ箱で見つかった】

ぽつりと書き足された一行に、浩太郎は頬杖をついていた腕をほどき、キーボードへ指先をのせた。

こういう時、なんて返すべきだろう。なるべく端的に、物事の核心を突いた返答を探す。正しいことはいつも短い。なるべくヨシノの盲点を補い、「誰も悪くない、人間はみんな不完全なんだ」と訴えるような。数式を解くのに似た思考を経て、かたかたと指先が動く。

【ヒトミちゃんは、こわかったんだ】

エンターキーを押して間もなく、短い返信が打ち返された。

【そうかも】

鍵をゴミ箱へ捨てたのは臆病さ故であって、ヨシノに対して悪意を持っていたわけではない、ただお互いに運が悪かったんだ。自分が差し出した物事の解釈の公平さ、妥当性に満足していたら、数分後にヨシノから予想外の返答が書き足された。

【私があと十分、静かに待っていれば、ヒトミがきっと「どう、こわかったー？」なんて笑いながら扉を開けてくれた。あの時、ひどいことをしたのは私の方だった】

少女の思いがけない内罰の深さに面食らい、浩太郎は【起こらなかったことの話をしても仕方ないだろ】ととっさに打ち返した。無意識に人差し指がとん、とん、とパソコンのふちを叩く。何か、気の利いたことを返さねばならない。物事は気持ち次第で変わるものであり、正しい選択をすればいつだって道は拓ける。そう、教えてやりたい。思ううちに、また自然と指が動き出す。

【それでも、イヤなことがあったら、助けてってちゃんとデカい声で言った方が良い。そばにいるいちばん優しそうな人間の手をつかんで、頼った方が良い】

ヨシノはしばらく考え込んでいた。やがて、再び「打ち込み中」の表示が点る。書く内容に迷っているのか、表示はついたり消えたりを繰り返した。

【そのせいで、友達にひどいことをした】

短い文面に、浩太郎はまたパソコンのふちを叩く。

【二つのことが、同時に出来ないときだってある。けど、そこで助けを呼ばなかったら、お前がこわがっていることに誰も気づかない。本当にやばい状況になったとき、誰にも助けてもらえない。お前が暗い部屋で思ったこわいことが、そのまま現実になる】

返事は、なかなかこなかった。飲み終えたビールの缶を台所にこっそり捨てて戻ると、【覚えとく】と短い言葉がチャットの末尾に記されていた。

こんな夜が幾度かあった。ヨシノはクラス替えが行われた新学期から徐々に登校できるようになったという。ヒトミとは結局、親しい仲には戻れなかったらしい。浩太郎は無事に第三志望の大学へすべり込むことが出来た。学校のこと、勉強のこと、家族のこと、バイトのこと、サークルのこと。その時々でお互いの話題は尽きず、流行りのネットゲームをクリアするのと並行して真夜中の対話は続いた。浩太郎はいつしか顔も本名も知らないディスプレイの向こうの少女を庇護するべき妹のように思い始めた。自分が五年前に通りすぎた場所で立ち止まり、悩みをぶつけてくるみずみずしい存在。一つ一つ、彼女がまだ知らない見晴らしのいい場所から親身なアドバイスを返していくのは、胸が甘くなる行為だった。

大学卒業後、浩太郎は地元の不動産事務所に就職した。入れ違いにヨシノは薬科大学に入学し、キャンパスライフを送るようになった。それから二年が経った今でもなお、金曜の夜にはどちらからともなくチャットにログインして、しゃべったりゲームをしたりする習慣が続いている。気の合う親族と居間でくつろいでいるような、のどかなひととき。

彼女の悩み相談が、自分を追いつめる日が来るなんて、思わなかった。

【やっぱり男の人の部屋に行くって、そういうこともOKみたいな意味になっちゃうよね】

今では合法的に飲めるようになったビールの缶をぺこぺことへこませながら、浩太郎は顔をしかめた。浩太郎も女性と付き合ったことはある。大学時代に一人だけ、交際期間はたったの二ヶ月。相手は同じテニスサークルの同期で、向こうから告白してきたくせに「やっぱりちょっと、槌田君って思ってたのと違った」と言って唐突に別れを告げてきた。図書館で誘われるままに交わした、たった二回のキスは、年月が経つにつれて「あの時に舞い上がっていたのは俺だけだったんだ」という苦さばかりを舌へ残すようになった。

自分はどうやら外から見た印象と実際の内面にギャップがあるらしい。運動は好きだし、飲み会も好きだ。人付き合いも割と器用にこなせる方だと思う。同性の友人からはよく「冷静」「隙がない」と褒められる。けれど女子からは、評価の末尾に「ちょっと女々しい」とか「思ったよりめんどくさい」とかマイナスの一言を付け加えられることが多かった。

二十五歳になった今、性体験がないことを気重に思わないでもなかったが、日常生活でそれを意識する場面はあまりなかった。幸いなことに現在、付き合いが深まりつつある彼女もいる。だから、いつか、そのうち、まあ、タイミングとかあるし。その程度の感覚で目をそらしていられた。

けれど、ヨシノが自分より五年も早くその時を迎えるとなると、話は別だ。

なんて答えようかと迷っているうちに、脈絡のない間を怪訝に思ったのか、ヨシノが再び言葉を打ち込んだ。

【コーさん？】

【悪い、煙草取りに行ってた】

【そっか】

【ふつーに考えたら、そうなっても文句言えないんじゃねえ？】

【そうかー】

【イヤならやめとけよ】

イヤではないのだろう、と思う。その先輩とやらは確か、ヨシノの方から接近して付き合いが始まったはずだ。

【うーん】

やけに長い間が空いた。そのあいだに浩太郎は自分のキャラクターを動かして塔のパズルを二つ解いた。ひと月ほど前から始めた、この塔をひたすら登っていく「ハライソ」という無料ゲームは、目立たないながらも味のある作品としてゲームファンの間で話題になっている。二人一組でパズルや謎解き、魔物とのバトルをこなして上の階へと続く階段を見つけ出し、どんどん塔を登っていく。流石《さすが》にそれだけでは単調だと制作側も心得ているのか、五つ階を上がる間に一度ぐらいの割合で、塔の外を見渡せるテラスに出ることが出来る。五階なら五階、五十階なら五十階、登った分だけの高さから、町だったり、草原だったり、古代遺跡だったり、海だったり、その時々で違うCGの景色を見下ろすことが出来る。同時に、音楽が流れる。これもいつも違う。聞き覚えがあるものもあれば、ないものもある。

このゲームの考察を行っている攻略サイトによると、洋楽邦楽問わず、現在から過去五十年ほどの幅で、景色に似合う有名な曲を流してくれているらしい。このゲームを通じて浩太郎は初めてルイ・アームストロングを知り、ヨシノはビートルズを知った。四十五階のテラスではきゃりーぱみゅぱみゅの音楽をBGMにした近未来的なSF都市が一望でき、ヨシノが大喜びしていた。

　もう三フロアほど上がれば、また次のテラスに出るだろう。そう思いながらも、この階の謎解きはどうやらギリシア神話をモチーフにしているらしく、扉を開けるアイテムである複数の石像がどの神を象《かたど》っているのか、持っている小物を参考に調べるだけでも時間がかかってしまい、中々先へ進めない。こんな機会でもなければ一生調べることはなかっただろう神々の名をグーグルの検索ボックスに放り込みながら、浩太郎はヨシノがもう先ほどの話題を忘れてくれればいいと思った。

【一番右端はヘーパイストスだ。金槌持ってる】

【うん】

【その隣がわからん】

【アルテミスかなあ……背中の、弓っぽい】

【OK】

【ねー】

【ん？】

【初めてなのにさ、乳首が黒かったら、男の人は引く？】

真面目に調べていた神々の名が、一瞬で頭からふっとんだ。くわえ煙草の煙が妙な具合で喉の奥へともぐり込み、たまらず噎《む》せる。そうか、どうしても俺とその話がしたいか。そして二十歳の女は乳首の色で悩んだりするのか。ひたいを押さえて考え込む。思えば進学にいじめに家族問題と、あらゆる思春期の深刻な悩みを分け合ってきたのだから、ヨシノからすればこの問題だけを避ける理由などどこにもないのだろう。むしろ利害関係のない自分なら、周囲の誰よりも男の率直な意見を教えてくれそう、というあっけらかんとした期待を持っているように見える。それとも、あっけらかんとしているように見せかけたいのだろうか。文字だけではわからない。

迷い迷い、パソコンのフォルダに溜めてあるAV動画を思い出しながら返答を打ち込む。

【程度によるんじゃないか。俺はあんまり気にしたことない】

打った後に、ふと、AV女優はやはり乳首の手入れをしているのだろうかと思う。一般的な女子の乳首はもっと黒いのか？　わからない。

ヨシノもなんだか返答に迷っている様子で、「打ち込み中」の表示をつけたり消したりしている。やがて、意を決したような文章がチャットの画面へ並んだ。

【初めての相手をするのは、準備がめんどくさいし、体も硬いし、男の人はあんまり気持ちよくないって聞いて。でも、好きだし、引かれたくないんだけど、どうすればいいかな】

そうなのか。処女はイヤだとかそんな贅沢なことを言う男もこの世にはいるのか。いや、それともこれは、女同士の間で流れている噂話のたぐいだろうか。それにしても、先ほどから下腹部が熱い。乳首の色を気にする処女がためらいながら初体験の相談をしてくる、という状況に興奮している。けれど、ヨシノを性の対象として意識するのは肉親に欲情するのと同じくらい奇妙で、混乱を招く感覚だった。生温かい官能の裏側に、針金が何本も絡んでこんがらがっているのに似た不快感が張り付いている。

問いかけに、どう答えようと指が迷う。自分だったら、好きな女が初めて体を許す相手に選んでもらえるのは嬉しいけれど。それに、経験豊富な女より処女の方が、自分と対等な立場だと思えて気が楽だ。多少下手でも馬鹿にされないで済む気がする。けれど、それは体験がないからこそ出てくる、どちらかといえばカッコ悪い発想なのだろうか。

処女の善し悪しには答えないことにして、なんとかそれらしい回答を探す。嘘はつかず、兄貴分としての威厳を保ち、なんとか世慣れて見えるようなものを。一つ心得ているのは、男の体なんて単純だ、ということだ。

【うまくいかなかったら、とりあえず手でも口でも使って出させちゃえばいいんじゃないか。それを嫌がるやつはいないだろ】

【……わかった。がんばる】

【おお、がんばれ】

その日、ギリシア神話のフロアはクリアできなかった。午前二時を回って眠気が差してきたので、おやすみ、と浩太郎の方から告げて通信を切った。ノートパソコンの電源を落とし、ビールの空き缶と雑誌が周囲に散乱した敷きっぱなしの布団へ寝転がる。

富士山みたいなもんだよ、と誰かが言っていたのを思い出す。富士山みたいなもん。確か、夏だった。その言葉に驚いた瞬間の、夜風の湿り気を覚えている。勤め先の不動産事務所の所長と、先輩社員の水橋と、浩太郎の三人で屋台のラーメンをすすっている最中に、なにかの弾みで、これから風俗に行こうかという話になった。その時、浩太郎はなんだか気分が乗らずに断った。ついでに、風俗に行ったことがない旨も伝えたかも知れない。味噌チャーシューメンをすすっていた水橋は、浩太郎の言葉に信じられないとばかりに目を丸くした。

「なんで？　ロシアンパブのナタリーちゃん、天使みたいだぜ。紹介してやるよ」

「なんとなく。俺はやめときます」

「わけわからん。行ったことないならなおさら、行ってみりゃいいのに」

週に一度はお気に入りのキャバクラ嬢のところに通っているという風俗好きの水橋は、わけわからん、お前は人生を損してる、と繰り返した。

「逆に、お金払って女の人に相手してもらうって、なんかさみしくないですか。俺なら普通に、俺のこと好きになってくれる子と仲良くなりたいです」

「お前、ふざけてんのか？　フツーってなんだよフツーって。一回も行ったことないくせに知ったように言うな」

　餃子をつまみにちびちびとビールをすっていた所長は、毛羽立ち始めた部下のやりとりをしばらく眺め、水橋の声が苛立ちに裏返る手前で、まあ、とおもむろに切り出した。

「富士山みたいなもんだよ。縁がある奴はあまり深く考えずに登る。縁がない奴は一生登らない。ただ、登っちゃえばとりあえずどこに休憩所があるとか、何合目ではこんな感じとか、大体の道のりがわかるから、無闇に悩んだり、実物より大変な想像をしたりはしなくなる」

　意見を対立させるどちらの肩を持つわけでもなく、わかったようなわからないようなたとえ話でその場をするっと納めてしまう。若くして事務所を引き継ぎ、年長ばかりの取引先を相手に苦労を重ねてきたらしい所長の津村には、そういう世慣れたところがある。自分の味方についてもらえたと思ったのか、水橋は箸の先を揺らして津村を誘った。

「じゃあ所長、行きましょうよ。お店のママが職場の人もぜひって」

「俺、ロシア語しゃべれないよ」

「俺だってしゃべれませんよ！　あれ、ママは日本語ぺらぺらだから。またこう、ナタリーの、黙ってにこにこーってしてるところが癒されるっていうか」

「しゃべれない相手に金払うとかありえない……」

「お前は黙ってろ」

「水橋も絡むな。富士山のように広い心を持て」

あの後、駅前で別れた水橋と所長はロシアンパブに行っただろうか。行ったのかも知れない。富士山、と呟きながら、浩太郎は寝返りを打って目をつむる。そういえばふもとのサファリパークには行ったことがあるが、登ったことはない。学生時代には「一度ぐらい」と興味を持っていたが、登れば登るほど空気が薄くなって大変だ、キツい、などという話を聞いてからは、登る気がすっかり失せてしまった。


火曜日の昼。来客が途切れたタイミングで事務所のガラス戸が押し開かれ、制服姿の少女が顔を出した。カウンターテーブルで先ほどの客に案内していた「駅から徒歩十五分、月六万、駐車場あり」の物件情報を片付けていた浩太郎と目が合う。いかにも利発そうな、白目がきらりと光る涼しい目をしていた。今どき珍しい黒髪は耳へ被さる長さのショートカットで、少女のお辞儀に合わせて切り揃えられた前髪がさらりと揺れる。

「すみません、父に会いに来たんですけど」

「ちち？　あ、お父さん？　お父さんっていうと……」

「津村成久《なるひさ》です。いますか？」

こんなに大きな娘さんが居たのか、と驚いて背後を振り返ると、ちょうど奥の机で電話応対を終えた当人が顔を上げるところだった。

「あれ、小春。どうした」

「あれ、じゃないよ！　パパ、私の方のお弁当、間違えて持ってったでしょう！」

「なんだよ、そんなことで来たのか。そのまま食えばよかったのに」

「シソきらいだもん。ゆかりのふりかけ、こんなにかかってたら食べられないよ。わざわざ持ってきてあげたんだから感謝してよね」

「はいはい」

おざなりに頷いて津村はデスクの引き出しを開ける。いつも弁当を入れている緑色の巾着の口を開き、あ、本当だ、と呟いてから中身を娘が差し出す弁当箱と取り換えた。もーやだー時間なくなるーなどとぼやきながら、小春と呼ばれた少女はプリーツスカートを翻して慌ただしく事務所を去っていった。

「娘さんですか」

「うん、近くの中学に通ってる。……時間あるな、今のうちに食っとこうかな」

客の対応はよろしく、とばかりに片手を上げた上司がデスクへ落ちついて間もなく、あのやろ、という低い呟きが上がった。浩太郎が振り返ると、津村は渋い顔で頬杖をついていた。朝に入れたはずのウィンナーが食べられていたらしい。

常に一人は接客が出来るよう、時間をずらして昼食を取っていく。浩太郎は水橋が外食から戻るのを待って、給湯室でそそくさとあんパンとメロンパンを口へ詰め込んだ。

午後の一本目の電話は、浩太郎が住居を紹介した一人暮らしのOLからだった。諏訪《すわ》桂子《けいこ》。年は浩太郎よりも二つ年上の二十七歳。賃貸契約書によると、菓子製造の仕事をしている。年収は二百五十万。セミロングの髪を焦げ茶に染めていて、リスを思わせるアーモンド形の黒目がちな目元と、明るいピンク色の口紅が印象に残っている。

お久しぶりです、本日はどのような、と挨拶を述べる間もなく、桂子は曇った声で用件を切り出した。

「はじめは気にしてなかったんだけど……」

なんでも、桂子の前の住人がなにやら厄介なカルト宗教に入信していたらしく、これも何かの縁、とこじつけめいた理由で、休日のたびに見知らぬ男女が訪れて執拗な宗教勧誘を行うのだと言う。

「その人たち、私の部屋に、過去にこの部屋で死んだ男の人の霊が見えるって言うんですよ。そんな話は聞いてないって言っても、不動産屋さんが隠してるとか……誰も死んだり、してないですよね？」

「なんですかそりゃ」

もちろん、桂子の住んでいるアパートにそんな経歴はない。奇妙な宗教団体の名を訪ねたところ、彼らは「救いの船」と名乗っているらしい。

「すくいのふね」

呟くと同時に、デスクからこちらを窺っていた津村と目が合う。団体名を聞いた彼はウィンナーが無くなっていた時と同じしかめ面をした。どうやら既知の迷惑団体のようだ。ひとまず住んでいるアパートで死亡事件は起こっていないこと、警察への相談も視野に入れること、何かあったら駆けつけるのですぐに連絡して欲しい、と告げて電話を切った。

「霊だのなんだの言ってるらしいです」

「そいつら、いかにも周りに相談できる親族がいなそうな一人暮らしの女の子を狙ってんだよ。半年ぐらい前から被害相談が出てる。ちょっと、あんまりにひどいようだったらお前、様子を見に行ってくれ。警察へ行くにしても、誰か一緒にいた方が心強いだろう」

わかりました、と頷いて何かあったらすぐに駆けつけられるよう、桂子の住むアパートの住所を手帳へ書き留めておく。その後も電話と来客が途切れず、気がつくと時計は二十時を回っていた。梅の花が盛りを過ぎ、不動産業が一年で最も活気づく季節が近づきつつある。

一日があっという間に過ぎていく。

コーヒーサーバーに大量に作り置きされる事務所のコーヒーをすすりながら、浩太郎は昼からまったく見ていなかった携帯電話を開いた。顧客に番号を伝えてある仕事用のものではなく、プライベートのものだ。着信が五件、メールが三件。嫌な予感がした。そうだ、今日は聡美《さとみ》と夕飯を食べる約束をしていた。幸い緊急性の高い仕事はあらかた終わり、手元に残っているのは明日に回しても支障のないものばかりだ。スーツの上着をつかみ、慌てて帰り支度をする。定時に上がる事務の二人は既に退勤している。お先に失礼します、と声をかけると、同じく残業していた所長と水橋のデスクからおつかれい、と鈍い声が返った。

駅前のイタリアンレストランへ駆けつけると、聡美は拗《す》ねた様子でイチゴ牛乳みたいな色のカクテルを舐めていた。

「コーちゃんおそい」

「悪い」

「おなかすいたあ」

一つ年下の聡美は、少し舌足らずなあどけない発音でしゃべる。わざとなのか、それとも自分では精いっぱいハキハキとしゃべっているつもりでも、何かの加減でそうなってしまうのか、浩太郎にはわからない。ただ、聡美は今まで接した女の子たちの中で、いちばんかわいらしい顔をしている。淡い光を放って周囲の目線を吸い集める、甘くバランスのとれた目鼻立ち。彼女を見るたび、浩太郎はふっくらとした毛をつやつやと風にそよがせている子うさぎを連想する。田舎の畑を掘っているようなたくましい個体ではなく、首にリボンを巻かれて室内で飼われている、大人になっても小さいままのぬいぐるみっぽいうさぎだ。

初めて会った三年前、聡美は浩太郎の大学の友人と付き合っていた。飲み会でたまたま席が隣になった彼女のトートバッグから、出版社勤務である浩太郎の母親が編集に携わっているファッション雑誌が覗いているのを見つけ、これ知ってる、と指差したことがきっかけで会話が弾んだ。今年花柄が流行ったのはこのブランドが仕掛けたからで、とか、この女優はきれいだけどあんまり今年の服が似合わなくて、など母親がときどき夕飯の席で愚痴っぽく漏らすファッション関連の雑談を、聡美は目を輝かせて喜んだ。いつもこの雑誌の着こなしを参考にしていて、読者モデルに憧れているのだという。華やかな彼女と飲むのは楽しく、いい気分でアドレスを交換して別れた。それから卒業までの間、時々大学構内で見かけて挨拶する他は特に交流もなく過ごした。

再び聡美から連絡が来たのは、昨年のクリスマスシーズンだった。久しぶりに会わないかと誘われ、三駅隣の和風居酒屋へと向かった。彼女は大学在学中に友人と別れ、卒業後は小学生向けの教材メーカーに就職していた。華やかでかわいらしい雰囲気は相変わらずで、お互いの仕事のこと、他愛もない生活のことをしゃべるうちに時間が過ぎた。二度、三度と食事に出かけ、クリスマスによい雰囲気になって付き合いが始まった。告白したのは、聡美の方だった。

はじめは分不相応にレベルの高い彼女が出来た気がして、誇らしくて仕方がなかった。四度目のデートの後にキスをせがまれ、口付けた唇はキャンディみたいな甘い匂いがした。しかし三ヶ月が経って、浩太郎は少しずつ彼女との時間を気重に感じるようになった。しきりに「コーちゃんのお母さんに会ってみたい」とねだってくる。他にも浩太郎のポケットから煙草の箱をつまみ上げて「煙草なんか吸わなきゃならないほど何か深刻なストレスを抱えてるの？」とやけに哀れっぽく眉をひそめたり、パンやコンビニ飯で済ませることの多い浩太郎の食生活をわざわざ聞き出しては「やっぱり男の人の一人暮らしってダメだね」と重々しく溜め息をついたりする。小さなつまずきや違和感が降り積もる。

聡美は今の職場について、しきりと待遇の悪さや上司との軋轢《あつれき》を口にする。もしかして自分と結婚して、さらには母親のコネで主婦モデルに、などと他力本願で安易な夢を見ているのかも知れない。馬鹿だよなあ、と思う。自分の夢くらい自分で叶えろよ、人に頼ってんじゃねえよ、そういう中途半端な覚悟だからうまくいかねえんだよ、と頭の中のキーボードに打ち込む。これがディスプレイの向こうの見知らぬ相手だったら、とっくにエンターキーを押している。

けれど、目の前に座る彼女はとても、かわいい。文句なしにかわいい。どんな友人にも自慢できる。白い肌はきっと噛んだら柔らかく、汗は蜂蜜《はちみつ》の味がするのだろう。

「こないだのコラムもその通りだって思ったし、私とコーちゃんのお母さん、ぜったい気が合うと思うんだよね」

マルガリータピザを頰ばりながら、ファッションについて、誌面について、聡美は熱のこもった調子で語り続ける。実家を出て一人暮らしを始めてからは、母親が作っているファッション誌なんて浩太郎は立ち読みすらしていない。よって、聡美の絶賛している内容も、ほとんど理解できない。

「でも、家だとフツーのおばさんだぜ？　化粧してないし、だらっとしてるし」

「それでもいいのー」

食後のアイスとコーヒーがテーブルへ並んだ。聡美はピンクと黒のストライプのケースに入れたスマホを取り出し、自分撮りした写真を次々と浩太郎に見せ始めた。ワンピースにカーディガン、ボーイッシュなTシャツにデニムのジーンズ、レースがたくさん縫い付けられたキャミソールにハーフパンツ、さまざまな洋服を着た聡美が、片手にスマホを持ってポーズを取っている。どれがいちばんかわいいと思う？　と聞かれ、どれでも変わらない、むしろ前屈みになって垣間見える胸の谷間の方がかわいい、と思いながら写真の一枚を指差す。するとじゃあ送ってあげるね、と華やいだ声と共に携帯に写真が送りつけられた。こういう風に彼女から送られた写真は山ほどデータフォルダに溜まっている。正直反応に困るし、たまに「ねえお母さんに私の写真見せたりした？」と聞かれることもうっとうしい。

だからこそ仕事用の携帯電話が鳴り出した時には天の助けのように感じた。ちょっとごめん、と片手を浮かせて着信を取る。回線の向こうから、困惑のにじむ女の声が聞こえた。

『槌田さんごめんなさい、昼間お電話した諏訪です』

「どうしました？」

『あの、押し入れの襖の裏側に……なんだかお札みたいなものが貼ってあって』

「え」

『前の人が残していったものみたいなんですけど。ちょっと、触るの嫌なので、明日にでも一度見に来てもらってもいいですか？』

これは、まずい。先住者の転出の際に、確認が漏れていたらしい。しかも担当者は自分だ。慌てて携帯を持ち直して謝罪する。明日の予定を聞いたところ、桂子は夕方には仕事を終えて帰宅するというので、夜の六時頃の訪問を約束して電話を切った。

「ねえ」

「ん？」

顔を上げると、聡美は眉をつり上げてあからさまに機嫌を損ねていた。

「職場に、若い女の人はいないって言ってたのに。嘘ついてたの？」

携帯から声が漏れていたらしい。誤解を解くのに三十分かかった。こういうトラブルから連絡先を渡している顧客で、と説明した後にも、日が暮れた後に若い女性の家を訪ねるという事柄が気にくわないらしく、頰をふくらませたままでいる。

レストランを出てからも、聡美の機嫌は直らなかった。

駅へと向かう途中の公園で、スーツの裾をつかまれる。振り返ると、まだ怒っていた。仕方なく足を止めて向き合う。気まずさに舌がひからびる。うつむく彼女のつむじを眺めているうちに、ピンク色の唇が動いた。

ぜんぶわたしから。そう聞こえたけれど、意味がよくわからなかった。

「へ？」

「帰りたくないの」

「どっかでお茶飲む？」

「そうじゃなくて、……こんな気分で帰りたくない。言わないでも、わかってよ」

聡美はこちらを見なかった。甘酸っぱい香りを放つ細い体が胸元にもぐり込み、両腕が腰へと回される。体つきの割に質量がある二つの丸みがみぞおちの辺りで柔らかく潰れる。鳥肌が立つほど煮立った血が、ぞくりと全身を駆け抜けた。

ああ、我慢してきた甲斐があった、と頭のすみで笑うものがいる。

ラブホテルの部屋は想像よりもずっと広かった。ジャグジー風呂はやけに底が浅く、平べったくて落ち着かない。風呂場なのに照明が明るすぎる気がする。浩太郎は目を閉じてゆっくりとこめかみを揉んだ。頭がやけに冴えて、芯の部分がきりきりと痛む。奇妙な夢の中にいる気分だ。

薄くて頼りないバスローブを巻き付けて外へ出ると、先に湯を使った聡美が同じくバスローブ姿でベッドの端に座っていた。下着をつけていないのがタオル生地を押し上げる胸元のとがり方でわかる。髪が湿っている割に、顔は少し化粧をしているように見えた。

コーちゃん、と呟いて見上げる顔はやっぱりアイドルのようにあどけなくてかわいい。小さくて柔らかい、庇護の手を引き寄せる繊細さを持っている。誘われるまま、浩太郎は温かく湿った唇を吸った。体のどこに触ったらいいのかわからず、ひとまず肩に手のひらをのせる。ほんのわずかな身動《みじろ》ぎ。手の重さを避けるように肩が内側に寄ったのと、重ねた唇がきゅっと硬くなった。そのまばたきほどの一刹那で、わかってしまった。

この子はたぶん、本当はそんなに俺のことが好きじゃない。

途端に、ダメになった。頭の中で思い描いていたセックスは、もっと幸福で、無条件に自分を許してくれるものだった。けれど、この子はそんなに俺のことが好きじゃないし、どうやら俺もそんなにこの子のことが好きじゃない。口の中が生臭く粘つく。二十五年間、うっとうしくて仕方がなかった荷物を放り捨てる絶好の機会なのに、まるで栓を抜かれたビニール人形みたいに体に力が入らなくなった。

感覚が無くなった浩太郎の首筋を、聡美の手のひらが撫でる。細く整えた眉を寄せ、苛立った様子で引き寄せる。湯冷めしつつある首筋が五秒重なり、やがて聡美は浩太郎へ回した腕を落とした。重たげに持ち上げた手の甲をふくらみのない浩太郎の足の付け根へ押し当てる。

小さな声が、震えながら聞いた。

「……ね、私、かわいい？」

「かわいいよ」

「なんでダメなの？」

理由は、その気になれば説明出来る気がした。けれど、したくなかった。する勇気がなかったし、どう言葉にすればいいのかもわからなかった。インターネット回線の向こうの少女には、あんなになめらかにそれらしいことが言えるのに、目の前で温かい肉体を光らせている女に心を説明するのは、とても難しかった。なるべく怒らせず、刺激しないようにと念じて口を開く。

「単に俺がやったことなくて、緊張してるんだと思う。ごめん」

自分の混乱や打算を打ち明けるより、体験がないから、と失敗の原因をすべてそこに被せてしまった方がずっと楽だった。哀れんで、きっと許してもらえる。ふーん、と聡美は鼻から息を抜くようにして、特に表情も変えずに頷いた。

「そうなんだ」

「うん」

「サイアク……」

心臓の一部が引きつれ、息が苦しくなる。怒りで目の奥が真っ赤に染まる。こんな暴言を受けるいわれはない。急に、薄っぺらいバスローブ姿で中腰になっている自分がみじめでたまらなくなった。あまりのショックに返事が出来ずにいると、聡美が胸元でふるふると首を振った。揺れる髪の先が首筋をくすぐる。

「ごめん、コーちゃんが最悪なんじゃなくて……女に慣れてない男の人すら興奮させられないんじゃ、モデルはやっぱり無理だあって……思った。オーディションだって何度も落ちてるのに、ずっと、頭のどこかで諦めきれなくて、でも、とうとう正面から叩きつけられた気がした」

ごめんね、ともう一度繰り返して聡美はベッドから立ち上がった。バスローブを脱ぎ捨てる。白くて乳首がきつね色をした裸体が目の前に放り出され、すぐにベッドのそばの椅子にまとめてあった下着をつけ始めた。

最後にワンピースのジッパーを引き上げ、くるりとこちらを振り返った聡美は眉を下げてゆっくりと笑った。困ったような、照れくさそうな、今までに浩太郎が見たことのない笑い方だった。

「ここで座って待っている間も、なんだかものすごく情けなかった。こういう風に、何かを誤魔化そうとするようなセックスは、ダメだね」

「……ダメかもな」

「うん、……なんだろう。正しいセックスが、まだよくわからない」

正しいセックスという言い方があまりに奇妙で、浩太郎は思わず口角がゆるむのを感じた。聡美と同じ、困ったような、戸惑っているような、ねじれた笑い顔になったと思う。聡美は眉を八の字にしたまま続ける。

「でも、コーちゃんもだいぶダメだったよ。信じらんない。告白もデートも手を繋ぐのも、キスもベッドも女からとか、童貞の何百倍もタチ悪い。なんでそっちがお姫さまなの。ありえないよ」

彼女の不満がそんなところにあったとはまったく気がつかなかった。でも、その通りだ。何かを欲しがることは、かっこ悪いことだと思っていた。きっとその感情すらも見透かされていたのだろう。驚きが顔に出ていたらしく、聡美は得意げに腕を組む。文句を並べ、自分を罵る彼女の顔は、今までになく生き生きと輝いていた。本当は、うさぎじみたあどけなさではなく、こちらの方が素の振る舞いなのかも知れない。

「ごめん。タイミングがわからなかったんだ」

「タイミングなんてなんでもいいの。切り出す方が勇気いるんだから、誘ってくれたらかっこいいって思うよ」

「覚えとく」

「よろしい」

ふんぞり返ってから、はあ、と聡美は肺の中身を吐き尽くすかのような溜め息をついた。

帰るね、まだ終電あるし、と言って鞄を鷲づかみにする。

「もう、会いたくない。悪いけど、部屋を出るなら三十分以上経ってからにして」

「わかった」

「さっき、童貞だからってことにしてくれて、ありがとう」

「本心だよ。そうじゃなかったら、普通にやってた」

またなにか気に障ったのか、聡美の眉がぴくりと揺れる。普通、というのがイヤだったのだろうか。でも自分は今、普通になりたくて仕方がないのだ。恐れのない、セックスや女の人やきつね色の乳首について、すべての道のりを知っている状態。あるいはそれは、「普通」という言葉では正しく表せていないのかも知れない。けれど、代わる言葉がすぐには見つからない。

「ばいばい」

白い手のひらを揺らして、彼女は扉から出て行った。仰向けに、やけにビニールっぽくつるつるしたベッドカバーへ寝転がる。

一度くらい、母親に会わせてやればよかった。もしくは、家族間でそういうことはしたくないんだ、とはっきりと告げるべきだった。彼女を見下してなぶりものにしていたし、それを聡美自身も気づいていたのだろう。恥とみじめさが苦い水のように口の中へ広がり、たまらず顔を覆う。二度と会いたくない。けれど、薄っぺらいバスローブが開かれた瞬間、部屋へ広がった湯の匂いと甘酸っぱく蒸れた肌の匂いが、鼻腔にはりついて消えない。きつね色の乳首の舌触りを想像すると同時によぎる、彼女が自分を好いていないと知った瞬間の、アルミホイルを噛みしめるのに似た混乱。足の付け根の淡い森。柔らかく実った白い体を、粘土みたいにこね回してみたかった。丸いプラスチックを針金で繋げただけの安っぽいシャンデリアを見上げたまま、バスローブの裾を割った赤い肉へと手を伸ばす。

塔を登る。ハライソ、とは楽園を意味する言葉らしい。ということは、この塔の最上階にはなんらかの楽園か、天国めいた光景が用意されているのだろうか。ネットゲームにはよくあることだが、次々に新しいフロアやイベントが追加されるため、攻略サイトをいくら巡ってもまだ最上階に辿りついたというプレイヤーは見当たらない。

押し入れの襖の裏側を覗き込んだら本当に気味の悪いお札が貼ってあった、という話に、ヨシノは【うええ】と嫌そうなコメントを返した。

【やだなー。自分の押し入れ、覗きたくない。勧誘も、来られたらこわい】

【こわくねえよあんなもん。自分のうちは浄土真宗なんでとか、話にまったくが興味ないとか、きっぱり断って追い返せばいいんだ。びくびくしてるから付けいりやすそうって思われる】

【それで、そのお札はどうしたの】

【お客さんが、剝がしてタタリがあったら嫌だって言うから、知り合いの住職を連れて来て

見てもらった。そしたら、お祈りの言葉？　的なもんも誤字だらけだし、こんなんただの落書きだよってその場で剝がしてくれた】

【住職さんかっこいい！　ってか、なんでそんな知り合いいるの。不動産の人って何かお寺とつながりあるの？】

【地鎮祭とか、そういう付き合いもあるけど、そいつはフツーに中学の同級生。これぞ地元密着型商売の底力よ】

神話のパズルに相変わらず苦労しながら、時々顔を出す魔物を倒していく。危ないところでヨシノに助けられ、片方がおとりになって、支えて、補い合って、そんなことを繰り返すうちに次の扉が開く。協力して、優しくし合って、気持ちのよい音楽が流れるテラスを目指す。

肉体のない世界ではとても簡単なことが、キャンディの匂いがする肉厚の唇や細い肩の震えやきつね色の乳首を前にすると簡単じゃなくなる。怯えや焦りが先だって優しく出来ない。自分もやたらと打たれ弱くて生臭い、苛立たしいほど傷つきやすいものになる。

階段の前で道を塞ぐ、恐らくこの階のボスなのだろう一つ目の巨人に立ち向かいながら、ヨシノが【あのさ】と打ち込んだ。

【お泊まり、うまくいかなかった】

【そうか】

【痛くてぜんぜんダメだった。だんだん先輩も気まずい感じになってきちゃって、じゃあ手と口でってやってみたら、初めてなんじゃなかったのってちょっと引かれた】

ぴり、とキーボードにのせた指の先に痛みが走った。あの時、浩太郎は自分のプライドを守ることしか考えていなかった。そうして行った適当なアドバイスが、回線の向こうの見知らぬ少女を傷つけた。そもそも今まで、自分はヨシノのためになるように、彼女がうまくいくように、楽になるようにと心から願って言葉を選んだことが、果たして一度でも、あっただろうか。

【申し訳ない】

【ううん】

【マジで。俺が変なこと言ったせいだ】

【そんなことないよー！　コーさんのせいじゃないです】

それからチャットの会話は弾まず、二人とも黙って淡々と手元に集中した。宗教勧誘なんかちっともこわくないのに、一つ目の巨人だって倒せるのに、自分たちは上手く出来ないことばかりだ。調子が上がらず、浩太郎とヨシノは午前一時にはゲームを切り上げた。【ゆっくりお風呂にはーいろ】と打ち込んでヨシノはログアウトし、浩太郎はビールのプルタブを起こした。

富士山、と再び所長が言ったのはそれから二ヶ月後、生暖かい初夏の風が町を駆け巡る夜のことだった。

「こないだの休み、車で娘と山梨に行ったんだ。知り合いからホテルのタダ券がもらえてさ、富士急ハイランド連れてって、温泉入って、富士吉田で魚の塩焼きとうどん食って。そんで、時間が余ったから、帰りにぷらっと富士山に寄った。五合目まで車で登ったんだけど、やっぱり高いとこは涼しいな、半袖じゃ寒いくらいだった」

仕事の帰りにかけうどんが一杯二百五十円のうどんチェーン店で、三人並んで夕飯をとっていた。浩太郎は海老のかき揚げうどん、水橋はかけうどんにコロッケとちくわ天、所長の津村はきつねうどんに天かすをたくさんまぶしている。太くて噛み応えのある麺をすすり、津村は続けた。

「パパ、馬がいるって娘が驚いてて。なんだかあれ、不思議だな。噂で聞いたことはあったけど、日本一高い山の中腹にどう考えたって平地の生きもんだろうって馬がずらっと並んでるの。で、娘がやけに意地になって、どうしても乗りたいって言うんだよ。しょうがないから、六合目まで登って帰ってくるコースに乗せてやったんだけど、そういえばだいぶ前に死んじゃった奥さんも、友達と富士山に登った時の土産話は苦労して見たご来光よりも、馬、とにかく馬に乗った、ってそればっかりだったなって思い出して。親子ってよく似るもんだよな」

ふーん、とコロッケにソースをまぶしながら水橋が相づちを打つ。

「育つうちに、勝手に似ていくんですね。なにが好きとか」

「なあ、不思議だよな」

「ちょっと待ってください、もしかして、所長は富士山に登ったことはなかったんですか？」

目前で流れる会話に違和感を得て、浩太郎は思わず口を挟んだ。津村は油揚げを嚙みながらあっさりと頷く。

「ん？　ないよ。このあいだが初めて。寒いからもういいや。五合目で満足」

「登ったこともないのに、それっぽくたとえ話に使ってたんですか！」

その会話を印象深く覚えていたせいか、なんだかひどい詐欺を喰らった気分で開いた口が塞がらなかった。なんだっけ、と首を傾げる津村に風俗の件《くだり》から説明すると、そんなこと俺言ったっけ、と今度は逆の方向へ首を倒される。これだから中年はイヤだ。発言がいつも適当で、信用できない。うんざりしていると、津村は首の裏を搔きながら再びのんびりと口を開いた。

「道のりがわかるって言っても、天候や気温が違えば体の疲れ方も違うだろうし、同行者がいればペースも変わるし。山なんて、登るたびに違うものなんじゃないか？　ほら、中途半端な登山愛好家ほど、油断して遭難したり、救助されたりしてるだろう。山は安心しない方がいいぞ。——って、こないだ、五合目の軽食屋で娘と饅頭食べてたら、店の人が言ってた」

「このあいだ言ったことは全否定ですか」

「まあ、こんなのは言い方次第だろう。その時々で、相手にとってよさそうな方を言えばいいんじゃないか」

津村さん今言ったそれっぽいこともすぐ忘れそうですね、と水橋がちゃちゃを入れる。おう、もう、なんでも忘れる、どんどん忘れる、年だから。応じた津村はプラスチック製の湯呑みに入ったほうじ茶をあおり、ふう、と息を吐いて馬の話を再開した。

「そんで、馬好きの遺伝子ってあるのかね」

「奥さんに、馬が好きな理由とか聞かなかったんですか」

「聞かなかった。長い間一緒にいても、聞かないことばかりだった。後で、あれ聞いてみればよかったなって思い出す。大抵はくだらないことなんだけどな」

三個のどんぶりが空くのを待って席を立つ。会計は津村が持ってくれた。半地下の店から外へ出ると、ネクタイがはためくほどの強風に頬をなぶられた。季節が巡っていく。店を出たところで、携帯の着信に気づいた水橋が「ちょっと」と片手を上げて遠ざかった。例のナタリーちゃんからの連絡なのか、ずいぶんはしゃいだ様子で会話をしている。最後に津村がゆっくりと階段を上ってきた。

「所長、この後また例のパブに行くんですか？」

「ん？　ああ、どうしようかな。お前、行くか？」

「いや……」

浩太郎は自分の携帯を開いた。新着メールが届いていることを示す封筒のマークを見つけ、心臓がどくりと強く打つ。

「今、……ちょっと、いい感じになれそうな人がいて」

「おお、めでたいな」

短い祝いの言葉と共にどこか笑い含みの目を向けられ、浩太郎は顔をそらした。気付かれただろうか。事務所で彼女からの電話を受けた際に、声が浮ついていたかも知れない。いやでも、まさか。素知らぬ顔で言葉を続けた。

「でも、ふられたら連れてってください」

「そりゃもう。ナタリーちゃんイイコだったぞ。水橋のあれは本気だな。しゃべれないって言ってたくせに、絶対ロシア語勉強してるよ」

通話を終えた水橋が上機嫌で戻ってくる。なんでも今度の休みに「オテラに行きたい」とナタリーにねだられたらしい。近所の寺のことかと思いきや、回線の向こうでニンギョウヤキ、カミナリ、アカチョーチン、と重ねて連呼するので、ようやく浅草デートに誘われたのだとわかったという。確実にそのまま同伴出勤に繋げられるのだろうが、目尻の垂れた笑い顔を見る限りでは、まんざらでもなさそうだ。

そういえば、とうどん屋のポイントカードがはみ出た財布を尻ポケットに押し込みながら、津村は浩太郎を振り返った。

「あの勧誘沙汰はだいじょうぶだったのか？」

「あ、はい。警察に相談して、土日に勧誘しにくるのを待ち伏せして、もう警察に連絡したからって言ったら来なくなりました」

くわえた爪楊枝の尻を上下させ、それを聞いていた水橋は顔をしかめる。

「お前、よく平気だよな。俺、だめだ。そういうカルトとか洗脳系は、なに言ってくるかわかんないし、対応するの気味が悪い」

「ぱっとしない奴らが、夢見がちな妄想をダラダラ語ってくるだけでしょう。無視するか、適当に聞き流して迷惑だってはっきり言ってやればいいんじゃないですか」

「その妄想自体が得体が知れなくてこわいんだって」

こいつは理屈屋だから平気なんだよ、と津村が肩をすくめる。浩太郎は憮然《ぶぜん》として口をとがらせた。

「俺、理屈屋ですか」

「相当な。――まあ、槌田クンが体張った理由はそれだけじゃないよな？」

さも面白い話を聞いたとばかりに水橋が片眉を持ち上げる。

「お、なんですか。俺が聞いてない話？」

「なんのことでしょう。あ、じゃあ俺、こっちなんで」

駅前の分かれ道でにやにやと笑う上司と先輩に片手を上げ、浩太郎は自宅のアパートへと向かう細道を歩き出した。思いがけない津村の勘のよさに舌を巻きながら携帯を取り出す。

『ええ、良いの？　じゃあお言葉に甘えちゃおうかな。きらいな食べものはないです。コータ君のセンスにお任せします。』

メールの発信者は諏訪桂子。アドレス交換も食事も、破裂しそうな心臓をおさえて、浩太郎から切り出した。帰宅し、急いでパソコンを立ち上げる。IDを入力してインスタントメッセンジャーへログインすると、ちょうどヨシノの桜並木を切り取ったアイコンがオンライン中を示す緑色の縁取りになっていた。チャット画面を起動する。

【ばんわ】

【コーさん、おかえりなさい〜】

【あのさ、ちょっと相談に乗って欲しいんだけど】

息を止めて一秒。ゆっくりとキーボードを叩いていく。

【最近、仕事絡みで知り合った人に、気になる人がいるんだ。でも今まで俺、女の人に頼ってばかりで、あんまりリードしたことがなくて。店の選び方とか、どうやって仲良くなるかとか、色々相談に乗って欲しいんだけど】

カッコ悪いだろうか。散々兄貴面して偉ぶっていた癖に、とヨシノは笑うだろうか。指先がぴりりと痛む。その怯えを潰すように、エンターキーを思い切り叩いた。息を止めて、十秒。すぐに華やいだヨシノの返信がチャット画面に表示された。

【えー！　素敵！　おめでとう！　うわー今すっごくドキドキした！　なんでも相談に乗るよー。いろいろ聞かせて。どんな人どんな人？】

どっと全身から力が抜ける。登っちゃえば、気が楽になる。そんな、津村が言っていた適当な文句が頭をかすめる。それから深夜まで、チャットのやりとりが止むことはなかった。

ハライソの塔、百三十五階のテラスからは、満天の星になめらかな白絹の絨毯《じゅうたん》を広げたような、壮大で美しいオーロラを望むことが出来た。穏やかなピアノの演奏で、どこかなつかしく聞き覚えのあるメロディが流れてくる。

【なんだっけこれ】

【知らないやー】

【俺、聞いたことある。CMかなんかで】

【じゃあちょっと昔の曲かな】

【ん？　タイム・アフター・タイム？】

どんな曲だっただろう、とインターネットの検索ボックスに曲名を入力する。英語の歌詞を拾い読みし、和訳してくれているサイトを探して、こんな内容だったのか、と改めて感じ入る。親しい人間の無事を祈り、たとえ時が巡り離ればなれになっても苦しい時にはきっと助け出す、と誓う親愛の歌だ。和訳サイトのURLをチャットの画面へ貼り付けると、【優しい曲だねー】とまっすぐな感想が返った。

ハライソの総プレイヤー数は特に公開されていないが、ゲームサイトの考察によると、二、三十代の割と高めの年齢層を中心に二万人ほどのプレイヤーがいるだろうと予測されている。時間をかけ、協力して塔を登り、こんな風に鮮やかな景色を眺めながら音楽を聴いている二人組が、たくさんいるのだ。友人、カップル、親子、自分とヨシノのような見知らぬ者同士だってけして珍しくはないだろう。誰かに痛めつけられたり、痛めつけたり、うまく行かなかったり、情けなかったり。そんな肉体の不自由を一時忘れて、それぞれが親しい人間とぼんやりと夜を過ごしている。

この塔に、最上階はないのかも知れない。そんなことを思いながら、キーボードに指をのせた。

【言いたいのですが】

【はい】

【長い付き合いですし、だいたいもう性格も分かるし】

【うんうん】

【俺は年上の割に大して頼りにならないし、実は例の付き合い始めた人と明日初めてセックスすることになって、すげえびびってるぐらいなのですが】

【えー！　おーめーでーとー！】

【何かの縁だし、無事でいて欲しいと思うので】

ともだちでいましょう、と打ち込みかけて、照れくさくなった。バックスペースで打っている途中の言葉を消す。恐らくヨシノのパソコンには「打ち込み中」の表示が点滅していることだろう。

【これからも、お互い無理しない範囲で、たまにこうして遊ぼう】

【うん、わかった。よろしくお願いします】

【そんじゃ行きますか】

音楽が終わるのを待って、テラスから塔の内部へと戻る。階段の続きを登り、次の謎解きへと向かう。途中で、ヨシノがいつものように【あのね】と切り出した。

【実は私もこのあいだ、ようやく成功したのですよ】

おめでとう、と打ち返す。それからはいつもと同じ、安らかな金曜の夜だった。

霊だのお札だのに怯えていたときは強ばった顔をしていたけれど、安心するとよく笑う人だった。コータ君、と今までのどの知り合いとも違う呼び方で浩太郎を呼ぶ。手のひらにおさまるサイズの乳房は想像よりも中身が詰まっていて、あまり力を入れると痛そうだ。あんあん喘ぐのではなく、気持ちいい、と嬉しそうに口にする。気持ちがいいからもっと好きに触って大丈夫だよ。しきりに頭を撫でてくるのは、彼女の方が年上だからだろう。

頬にも首にも触っていいんだ。鎖骨にも胸にも、少しゆるんだお腹にも、腰にも尻にも太ももにも、撫でても吸っても怒られない。許されるのが不思議で、理解してからは肌が沸騰しそうだった。触っていいの、いいのか、いいんだ。いいよ、いいですとも、と桂子は笑う。代わりに触らせてね、と撫でられた場所はどこもかしこも鳥肌が立つほどくすぐったい。

押し入った場所はやたらと狭くてぬるぬるしていて、じっとしていると筋肉の痙攣が伝わった。脳がとろけそうなくらい熱い。生き物の、いちばん柔らかくて傷つきやすい内側にもぐり込んでいる。ひやりと緊張して、けれどすぐにそんな恐ろしい場所を許されたことが嬉しくなって、腰を揺する。なんだか沈んで行くようだ。暗く、温かく、いつまでも浸かっていたいような沼にずぶずぶと沈んで、力強く貪欲なものに丸飲みにされて、吸われて、許されて、やがて意識が真っ白く焼ける。花火みたいに、弾けて眩む。

沼の底で目を開いた。途端にぐるりと世界が反転して、高い高い塔のてっぺんが眼下で光る。

やわらかい骨

十三歳だった。津村小春が生まれて初めて、自分の骨を蝕《むしば》んでいる黒いしみに気づいたのは。それは、虫歯とよく似ていた。普段はあまり主張せず、けれどなにかの拍子でひとたび力が入ると、むず痒い痛みの根を骨の髄までくい込ませ、傷口から膿《う》んだ汁をにじませた。嫌なのに、あふれ出る汁は苦くてまずいのに、不思議といじらずにはいられないような、粘りけのある痛みだった。

中学一年の夏休みも半ばが過ぎた八月中旬。色の濃い影が地面をくっきりと塗り潰す炎天下のある日、小春は同じバスケ部の夕花《ゆうか》に頼まれて彼女の弟が所属する少年野球チームの試合に助っ人として参加することになった。メンバーの二人が水ぼうそうにかかり、急に出場できなくなったらしい。野球をやるのは初めてだったが、ただ立っていればいいから、とあっけらかんと笑う太鼓腹の男性監督に促されてセンターに向かった。片手にグラブをはめた夕花は慣れた足取りでレフトへ歩いて行く。ぐらぐらと陽炎《かげろう》を湧き立たせたグラウンドは、立っているだけで全身から滝のような汗が噴き出した。

監督が言った通り、外野にはほとんど球が飛んでこなかった。辛うじて届いた数球も、ライトの少年と夕花が「任せて」と片手を上げ、悠々と処理してくれる。塁に片足をのせた内野手とランナーが談笑している。チームの敵味方も親しい友人同士なのだろう、のどかで気の抜けた試合だった。

午後一時に五対三で相手チームの勝ちが決まり、真っ黒に焼けた少年たちと一緒に小春と夕花もグラウンドの端の東屋《あずまや》で休憩を取った。昼食は監督夫妻が用意してくれるから、持ってこなくていい、と言われている。それも小春が助っ人を了承した理由の一つだ。もしも夕花の母親が小春の分も弁当を作ってくれる、などという申し出だったら、なんらかの理由をつけて断っていたかも知れない。

世話焼きでナイーブな夕花の母親は、顔を合わせるたびにあれこれと小春に構いたがる。小春ちゃんこれおすすめのレシピなんだけどすぐできるから、小春ちゃんこのキッチン用品が使いやすいから使ってね、小春ちゃんこれ作りすぎちゃったのもらっていって、小春ちゃんたくさん食べてね、小春ちゃんなにか困ったらすぐに声かけてね小春ちゃん小春ちゃん。

首に汗拭きタオルをかけた夕花が、監督の奥さんから二人分の昼食をもらってきてくれた。

「はい、おにぎり。こっちの海苔が半分なのが梅で、ぜんぶ巻かれてるのが鮭だって」

「ありがと」

「はあー、やっと部活の合宿終わったと思ったら、夏休みもあと少しだね。やだなー」

宿題やった？　などと言い合いながら、おにぎり二個と串に刺した浅漬けのきゅうり一本、同じく串に刺した唐揚げ二つを頬ばっていく。この野球チームが全員で同じものを食べるのは、太鼓腹の監督によると「連帯感を強めるため」らしいが、昼食を持参する、しない、でなんらかの揉め事があってこういう取り決めになったのだろうな、と小春は想像する。休みの日にまで子どもの弁当を作りたくない、という親がいたのかも知れない。数人ずつ固まって賑やかに食事をする少年たちを眺めながら、海苔がしなしなになったおにぎりを頬ばる。

経緯はどうあれ、強めの塩気が汗をかいた体に染み通るような、おいしい昼食だった。ウォーターサーバーのレモン水をごくごくとあおる。視界の端では、監督の妻だという二の腕の張った中年の女性がクーラーボックスから冷えた蜜柑を取り出して少年たちに配っている。まだ食べたそうな子にはあまったおにぎりをすすめ、小春と目が合うと「飲み物もっと欲しいでしょう、ほらコップ貸して」とウォーターサーバーのコックをひねってレモン水をつぎ足してくれる。彼女はとても子供慣れをしていた。もしかしたらこの少年野球チームに実の息子が参加しているのかも知れない。彼女の分け隔てのない無造作な振る舞いが、東屋内の集団を一つの大家族のように見せていた。

蟬《せみ》が強く鳴いている。

誰かに世話を焼かれている、という生温かい状況に、ふと胸が疼《うず》いた。小春の母親は、小春が三歳の時に病気で他界した。アルバムの姿ばかりが鮮明で、実際の記憶としては顔もろくに覚えていない。母親という人が作った食べ物なんて、いつ以来だろう。嚙みしめるように思ってから、違和感に気づく。たとえば夕花をはじめとする友達の母親は、遊びに行くたびにとても注意深く小春の世話を焼いてくれる。声をかけてくれるし、夕飯だって食べさせてくれる。だから厳密には、自分は誰かの母親の料理を、なつかしむまでもなくそれなりの頻度で食べている。けれどそれにおいしい、幸せだ、という思い出はあまりない。むしろ緊張して味がわからない、居心地が悪い、という感覚の方が強かった。

銀紙にくるまれたおにぎりをもう一口かじる。米が甘い。おいしい。食べ終わるのがおしい。淡い風が東屋を通り抜ける。幸せだ、と思う。なんだか柔らかくて居心地のいいものに守られている気分だ。ほどよく運動したからだろうか。それとも、ごはんがおいしいからだろうか。頭の芯がふわんとする。あまり感じたことのない不思議な脱力。もう一口、きゅうりをかじる。隣の夕花はとっくに食べ終えて、夏休み中に行った贔屓《ひいき》のアイドルのライブについて熱心に語っている。ふーんと相づちを打ってレモン水を飲んだ、その瞬間に、わかってしまった。

ここには当たり前がある。母親は、当たり前のこととして子供の世話を焼く。この監督の奥さんは立場上、たまたま当たり前のこととして、今、なにも考えずに私の世話を焼いている。友人の母親はとても親切だけど、彼女たちが私の世話を焼くのは当たり前のことではない。いつだってそこには、複雑に加減された気づかいや遠慮が存在していた。

それまで柔らかく体の中を満たしていた温かいものがざあっと音を立てて引いていく。びっくりした。当たり前という言葉は、まるで高い壁みたいだ。いくら爪を立てても登れない。

「お姉ちゃんたち、もっとおにぎり食べる？　蜜柑もあるよ」

振り返ると、監督の妻があっさりとした顔でおにぎりが三つ残ったタッパーを差し出していた。夕花が笑って首を振る。

「私もうおなかいっぱい。蜜柑もいいです」

「そう。ええと、小春ちゃんだよね。あなたは？」

もう満腹だった。けれど自分のために、母親という存在が、当たり前のこととして時間をかけ、手を動かして用意してくれたものを、そんな、次にいつ出会えるのかわからないものを、拒むなんて出来なかった。どうしても、どうしても、出来なかった。

「おにぎりと蜜柑、両方、もらっていいですか」

「えー、食べるねー」

「おなか空いたからさー。やっぱりあっついと体力消耗するっていうか」

茶化してくる夕花に肩をすくめて笑い返す。食事を終えた少年たちが腹ごなしと言わんばかりに鬼ごっこを始めた。地面に黒々とした影を落として、小さな体が走る、走る。

それなりにやってきたはずだ。学校帰りにスーパーに寄って、キャベツや豚バラ肉や牛乳やオレンジジュースを買って帰る、そのビニール袋の重さを知っている。制服のアイロンがけにも慣れた。風邪を引いたらウイダーinゼリーとヨーグルトを買いにコンビニへ走り、冷えピタをひたいに貼ってじっと布団にくるまる。父親は仕事が忙しくてあまり家にいないので、困ったことがあったら自分でなんとかする。母親がいなくたって、同年代の誰にも負けないように努めてきた。なんの段差も遜色《そんしょく》もないはずだった。それなのに、私の中に、私を裏切る、どうしようもない飢餓がある。深く根を張って、心を支える太い骨の一部を黒く汚し、蝕んでいる。

陽炎に揺らぐ景色を見つめたまま、小春は三つ目のおにぎりを頬ばった。隣に座る夕花は、こんな感覚をきっと一生知らずに済むのだろう。悔しいでも悲しいでもなく、ただ知らないうちに染みついていたものへの憎しみがあふれた。それでもおにぎりを頬ばる口の動きが止まらない。じゃれて駆け回る少年たちを眺めたまままもくもくと口を動かし、夕花の話に相づちを重ねた。おにぎりは、最後の一口までとてもおいしかった。

家に帰ってから、あまりの胃の痛さにトイレで吐いた。まだ父親は戻っていなかった。もうなにも吐けなくなるまで吐いてから酸っぱい口をゆすぎ、軋《きし》む腹に枕を押しつけてベッドで丸くなった。


中学二年生の新学期、クラスに転校生がやってきた。塚本葵《つかもとあおい》さん、と担任が紹介する横には、アオイという儚《はかな》げな名前があまり似合わない小柄で色黒の女子が立っていた。薄い唇をキュッとへの字に結び、緊張しているのか、睨みつけるようなはっきりとした目でクラスを見回している。気が強そう、とまず思った。先生に促され、葵は体をななめにしながら机と机の間を通り、教室の後ろの席に着く。さざめいていたクラスの空気は授業が始まると徐々にこなれ、すぐになめらかさを取り戻した。

ふたたびクラスが波だったのは、昼休みだった。

小春は一年次から続けて同じクラスになった夕花と一緒にお昼を食べようと、彼女の前の席の椅子を借りて座っていた。楕円形で赤い漆塗りの、うさぎのワンポイントが入った弁当箱の蓋を持ち上げる。中では炒り卵と牛肉そぼろ、絹さやの炒め物が、まるで三色旗のように均等にご飯の上へ広げられていた。順番に炒めればすぐに出来る、と父親の成久が忙しい時によく作る三色そぼろ弁当だ。いただきまーす、と同じく弁当を開けた夕花と声を揃えた瞬間、教室の後方でけたたましい笑い声が上がった。

なにそれうける、と手を叩いているのは同じバスケ部の理緒《りお》だ。声のとがり方から、彼女が本当におかしくて笑っているわけではなく、対象を小馬鹿にして笑っているのだとわかる。よく見ると、女子六人が机を寄せたグループで理緒がはしゃぎながら葵に話しかけ、葵はホームルームの時と同じ固い表情でサンドイッチを頬ばり、他の四人はなんだかひどく居心地の悪そうな顔でそれぞれの昼食に集中するフリをしていた。

周囲の生徒がちらりちらりと彼女らに好奇の目を向ける。小春も例外ではなかった。何かが起こったのだ、と肌で感じる。何か面白そうで、ほどよくおおごとで、当面はクラスの退屈を紛らわせてくれそうな、何かが。

「なんだろうね」

呟くも、向かいに座る夕花は「見てなかった」と首を振った。

六限の授業を終え、部室でTシャツとハーフパンツに着がえていたら、理緒が葵を連れてやって来た。

「塚本さん、バスケ部に入るから！　今コーチに言ってきた」

どことなく笑いを噛むように口角をむずつかせながら、理緒はそう言って部室に居た数人へ葵を紹介する。塚本です、よろしく。と短く言って、葵はその場で頭を下げた。

これで二年生は六人になる。やっとスリーオンスリーが出来るね、とまるで昼の騒動を忘れたように夕花が明るく口にする。うん、とそれに頷きながらも、小春は少し胸が濁るのを感じた。あとで、理緒に騒ぎの顛末《てんまつ》を聞かなければならない。この子と仲良くするかどうかは、それから決めよう。

「津村小春です。まだ覚えてないかもだけど、同じクラスだから。塚本さん、よろしく」

ひとまずにこやかに笑いかけるも、葵は曖昧に顔を傾けるだけでなにも言わなかった。

その日、着替えを用意していなかった葵は三十分ほど練習を見学しただけで帰っていった。先輩たちに混ざってパス練習を繰り返す間に、さりげなく理緒のそばへと並ぶ。ねえ、と肩を叩いてねだると、理緒はさもしゃべるのを我慢していたとばかりに唇をゆるめて笑った。

「あの人、食べる前に指をこう、十字架みたいに動かしたの」

人差し指の先を喉元、みぞおち、左胸、右胸と順々に弾ませる。十字架と言われたせいかも知れないが、それは海外の映画やドラマで時々見かける仕草とよく似ているように思えた。

「あとね、お祈りの言葉」

「えー、アーメン的な？」

「そう、アーメン的な」

「キリスト教の人なの？」

「なのかもー。知らなーい」

理緒はとがった半笑いを浮かべている。完全に葵を笑いものにする立ち位置を選んだらしい。アンタはどうする？　と目で問いかけられ、なんと返そうか少し迷う。アーメンなんて言われてもさっぱりだ。少しこわいし、関わらない方がいい気もする。かといって、積極的になにかをしようとは思わない。

そこ、しゃべっていない、と三年生のキャプテンから注意され、強いボールが投げられた。口元の笑いを吹き消した理緒は悠々とそれをキャッチし、コートの反対側の列に並んだ先輩とキレのあるパスを交わして最後に華麗なレイアップシュートを決めた。理緒は春に行われた体力測定で、同学年の女子で総合一位の成績を収めている。去年のマラソン大会でも二位に大差をつけ、三年の女子でも上位に食い込めるタイムを叩きだして颯爽《さっそう》とゴールテープを切った。賑やかで背が高く、笑い声が大きいのでとても目立つ。基本的には彼女を中心とした運動部系の女子とよくつるんでいるが、美人で化粧っ気の多い子たちや、賢さで集まった子たちにも物怖じせず話しかけるため、クラスへの影響力がとても強い。恐らく昼休みに葵をグループへ誘ったのも、理緒の発案だろう。

次に小春もパスを受け取った。理緒のプレイを見た直後は、いつも腹の底に火が点る。あんな風にプレイしたい。ああなりたい、と掻き立てられる。ぐ、と思い切り膝に力を込めて駆け出す。ボールが手のひらを叩く熱を感じながら、肘をしならせてパスを返す。ゴール下で放ったシュートは、リング根元の金具に当たって外れた。

胸を突き上げていた昂揚が、みるみるうちにしぼんでいく。はあ、と強く息を吐き、一足先にパス列へ戻った理緒を振り返った。理緒は仲の良い先輩の一人にレイアップのコツを教えているらしく、列のそばで軽快なジャンプを繰り返している。

時に気の強さから敬遠されることはあっても、理緒がクラスで弱い立場になることは絶対にない。彼女になつかれて嫌がる先輩はいないし、接近されて喜ばない同級生はいない。圧倒的に運動が出来る、という輝く星を一つ胸に抱いた彼女は、無条件に受け入れられるし、自分を受け入れない者を群れから閉め出す力も持っている。

けれど葵はこれから、お祈り一つで無条件に疎まれるだろう。ふと、体育館の蛍光灯が妙に眩しく感じられ、小春はまばたきをした。目の表面がヒリヒリと痛む。コーチのかけ声と共に次のペアがスタートを切った。キュッと鋭くシューズを鳴らし、夕花がコートを駆け上がっていく。ゴール下で勢いを殺しきれず、つんのめるようにしてシュートを放った。山なりのボールはリングをまたぎ、コートの隅でバウンドした。

練習が終わり、一年生たちがコートのモップがけに走り出すのを横目に小春たち二年はボールや得点板を片付けた。部活の最後はいつもランニングで、予定のコースを走り終えた部員から順に解散となる。先に完走して校門の前で待っていた夕花と落ち合い、小春はいつも通りコーチへ報告に行った。ケガも事故もなかったことと、後輩のグループがまだ走っていることを告げる。お疲れ様でした、と頭を下げて体育教官室を出た。部室でぐっしょりと汗に濡れたTシャツを脱ぎ、帰り支度をする。

散り残った桜が舞う真っ暗な通学路を歩きながら、今日も夕花は大好きな歌手のアキマサがどれだけ歌が上手くてかっこいいかを楽しそうに語った。

「やっぱりさ、アキマサの歌詞には力があるよ。あれだけ声が出ててかっこよくて、しかも今の時代にちゃんと作詞作曲までしてるんだから、すごいよ。やっぱり他の人に曲を作ってもらってる歌手なんて、アーティストとは呼べないと思う」

夕花のアキマサ語りは、時々聞いていていて息苦しい。まるで恋人であるかのようにアキマサの名前を連呼し、カラオケでもやたらとアキマサの曲ばかり入力する。どちらかというと夕花はアキマサファンの仲間と語り合うよりも、小春のようなそれほどアキマサを知らない相手に向かって熱弁する方が好きなように見えた。

しかし今日は、夕花のアキマサ語りを遮るちょうどいい話題がある。

「なんかさあ、こう、十字架っぽく指を動かして、お祈り唱えてたんだって、塚本さん。昼休み」

「えー……」

理緒から聞いた話をそのまま伝えると、こわいものでも見たかのように口をひくつかせ、夕花は顔をしかめた。

「そういうの、小春はどうなの？」

「んー、わかんないけどちょっとイヤかなー。なに現代日本で祈っちゃってんのって感じ」

適当に水を向けると、夕花はこくこくと何度も頷いた。

「私もー。別にヘンケンとかないし、いいけどさ、他の人もいるんだから見えないとこでやれって感じ」

夕花はいつも、ものすごく空気を読む。そして人当たりが柔らかく、基本的に場を荒立てる意見を述べない。線が細く、しゃべり方がおっとりしていて、いつも眉が困ったような八の字になっている。アキマサ語りはやっかいだけど、小春にとって夕花は一年生の初めからずっと仲の良い、肩の力を抜いて言いたいことが言えるありがたい友人だった。

駅前で夕花と別れ、小春は家の方向へ歩き出した。シャンプーとトイレットペーパー、あと朝食に食べる果物ゼリーを切らしているため、途中でドラッグストアに立ち寄る。品物をカゴに集めてレジへ向かい、カウンターに入っているのがしょっちゅう見かけるパートのおばさんではなく、初老の男性薬剤師であることにホッとした。おばさんの方は、制服姿で買い物をする小春を見かけるたびに「いつもえらいわねぇ」「今日はお父さんいないの？」など馴れ馴れしく話しかけてきて、苦手だ。会計を済ませ、部活の着替えが入った布袋と学生鞄、さらに商品を入れたビニール袋と十二個入りのトイレットペーパー、四つすべてを落とさないよう持ち直す。

春先は不動産業を営む父親が忙しく、どうしても家の中の不備が多くなる。一つ一つは些細なことだ。トイレットペーパーがない、ゴミ袋がない、シャンプーがない、時計の交換用の電池がない、朝食のコーンフレークにかける牛乳がない。自然と小春が買い物をしなければならない場面が増える。家が埃っぽければ掃除機もかける。布団も干す。

小さい頃は、母親の不在に伴ういろいろなことがイヤだった。やけに周囲の大人に哀れがられることも、毎週水曜日に出すプラスチックゴミの袋が、大抵の家は一袋なのに小春の家だけ二袋なことも。夕飯を父親が買ってくる弁当や惣菜で済ませることが多いため、小春の家はどうしてもプラスチックゴミが多くなる。それと相反して、生ゴミが少ない。けれど成久は忙しくても週に三度は弁当を作ってくれる。必要なときにはちゃんと話を聞いてくれるし、無闇な干渉もしてこないし、付き合いやすい良い父親だと思う。だから、自分たちはこれでいいのだ。誰にもどうこう言われる筋合いはない。そう、憎しみにも似た調子で強く強く思うたび、心の一部が石のように冷えて硬くなっていく気がする。

手のひらに食い込むトイレットペーパーのビニール紐を持ち替えながら、小春は自宅のマンションへと続く坂を上がった。

翌日の昼休み、理緒たちのグループはまるで葵のことなど忘れたと言わんばかりに、彼女の席から遠く離れた教室の前方に固まって食事を始めた。それどころか、クラスの誰も葵に話しかけなかった。変わり者らしいという噂は一日の間にしっかり広まったのだろう。小春を含め、誰もが気にしないフリをしながら弁当箱を取り出す彼女の横顔を覗き見ていた。

葵は昨日とは離れた位置に固まる理緒たちの背中を数秒見つめ、そのあと小春と夕花の方へ顔を動かした。目線が重なる直前、小春は慌てて弁当の具について、どうでもいい内容を夕花に話しかけた。まるで視野が三十度しかない動物になったかのように、かたくなに手元の卵焼きに目線を注いでしゃべり続ける。しばらくしてそっと顔を持ち上げると、葵は自分の席に着いたまま、唇をきゅっと結んで目の前の弁当を見つめ、胸の上で指を上下左右に素早く動かし、早口でなにか唱えてから箸をとった。確かに十字架、だった、と、思う。速すぎてよくわからないけれど、たぶん。

気がつけば、クラスがしんと静まり返って彼女に注目していた。葵が銀紙に包まれたおにぎりを剝く、カサカサと乾いた音だけが耳をかすめる。私なら、と小春は思う。私なら、この教室では食べたくない。それとも信仰などという小春にとってまったく未知のものは、それほど強い精神力を一人の少女へ与えるものなのだろうか。葵は焦るでもなく悲しむでもなく、落ちついたペースで弁当を食べ終え、空の弁当箱を布袋へしまうと机から文庫本を取り出した。凛と背筋を伸ばしたその姿は、やけに大人っぽく見えた。

チーム分けを見て、心臓が一度、強く弾んだ。

ボール練習の終わりにいつも行われる、コートの半分を使った三対三のミニゲーム。その日、小春と同じチームになったのは三年の先輩が一人と、今日初めて練習に参加した葵だった。クラスメイトと一緒にした方がリラックス出来るだろう、とコーチが気を回したのかも知れない。クラスでの挙動を知らない三年生は気さくに葵へ話しかけ、葵もそれに言葉少なに答えている。

ゲーム開始のホイッスルが鳴った。スローインから、両チームの三年生同士ががつりとぶつかり合う。抜けない、と判断した同じチームの三年生がパスの相手を探しているものの、小春は敵チームとなった理緒にひたりと張り付かれていて、なかなか振り払えない。その時、ふいにゴール下へ葵が躍り出た。うまく自分をマークしていた三年生を引き剝がしたらしい。強めのパスをしっかりと受け取り、そのまま水が流れるようなレイアップシュートを決める。試合を見守っていた他の部員からおお、とどよめきが上がった。

葵はびっくりするほどバスケがうまかった。恐らく六人いる二年女子の中でも、理緒の次ぐらいにはうまい。三年生にもひるまずにプレッシャーをかけてボールを奪い、味方へパスを通す。試合の流れをとてもよく見ている。

ゲームの終盤、敵二人に囲まれながらつむらさんっ、と鋭い声でコートの反対側の小春を呼び、ワンバウンドでボールを渡した。無口な葵が自分の名前を覚えていたことに驚きながら小春はそれをキャッチし、とっさにゴール方向へ顔を上げた。気がつけば、自分はいちばんシュートを入れやすいゴールリングから四十五度の角度に立っていた。しかもディフェンスは葵に引きつけられていて、ブロックに入る選手はいない。迷わず、飛ぶ。リング後部のボードに描かれた、四角形の隅を夢中で狙う。

小春が放ったボールはすぱっと網を抜ける気持ちの良い音と共にリングをくぐり抜けた。

全身の血が沸き立つような爽快なシュートだった。それが自分一人の力によるものではないことを、誰よりも小春がわかっていた。

ゲームが終わってからも、自分を呼ぶ葵の声が頭から離れなかった。どく、どく、と足の裏が興奮で脈打っている。汗でTシャツの色が変わった、小柄な背中に目を引かれる。すごいね、と言いたい。同じことを理緒や夕花がしたなら迷わず言う。クラスのムードが彼女を敬遠する流れにあるからといって、自分の心から湧いて出たものを呑み込んでしまうのは悔しい。ぽかぽかと肌を温める余韻に後押しされ、小さな崖を飛び越える気分で話しかけた。

「ねえ、小春でいいよ。試合中、その、名字にさん付けだと、長いからさ」

喉をそらしてペットボトルの水を飲んでいた葵は、ぎょっとした様子で振り返った。ボトルを下ろし、言葉の意味を嚙み砕くよう、まばたきをしながら小春を見返す。小麦色の頰から汗の玉が一すじ垂れて、細い顎の先からこぼれた。

「わかった、試合中は名前で呼ぶ」

ぎゅっと心臓をつかまれた気がした。この子はかしこいな、と思う。そして、私は少し迂《う》闊《かつ》だ。でも名前呼びくらいなら、同じ部活だからとかそんな理由だろうと、クラスのみんなも許してくれる気がする。それにここで引いてしまったら葵に臆病者だと思われそうだ。実際、怯える気持ちはあるのだけど。お祈りとかわからないし、そういうのにどっぷり浸かって生きている人なんて想像できないし、一緒にされたらこわいし。

でも、人を好きになったりきらいになったりするのは、自分でしたい。理緒が作ったクラスの雰囲気に流されるのはイヤだ。小春は細く息を吸った。

「試合以外でも、普通に名前で呼んで。同じ部活だから」

こわさの分だけ、強くて硬い声が出た。葵はますます目を大きくした。よく光る、黒目の輪郭が強い眼で小春を見つめ、やがて「こはる」と音を確かめるように唇を動かす。

「うん。行こう、葵。最後はいつもランニングなんだ。四キロ走るから、準備運動ちゃんとして」

「わかった」

野外用のシューズに履きかえて体育館を出る。茜空の下ではもう他の部員たちが雑談しながら準備運動を始めていた。支度が出来た部員から順に、学校の真横を通る川べりのジョギングコースへ走り出す。二つ先の橋まで片道二キロ、折り返して四キロの計算だ。

アキレス腱を伸ばしていた夕花が、小春と葵が並ぶ姿に気づいて「あれっ」と素っ頓狂な声を上げた。小春は屈伸をしながら口を開く。

さっきはあれほど威勢よく言えたのに、まるで空気の塊が喉につっかえたみたいに、夕花の前では、うまく葵のことを名前で呼べなかった。

「塚本さん、ランニング初めてだから、コース教えに一緒に走ってくる」

「ふーん」

やけに平べったいふーんだった。勝手に決めて、と怒ったのかも知れない。いつもは一緒に出発することが多いのに、先に準備運動を終えた夕花は「先に行くね」と一声残し、一人でさっさと校門へ走り出した。

名字呼びをしたことに気づいただろうか。さりげなく隣を覗くと、葵は特に表情を変えず、上半身を反らして背筋を伸ばしていた。お互いの体が充分にほぐれるのを待って、走り出す。

持久走はそれほど得意ではないらしい。半歩後ろの葵が時々苦しそうに喉を鳴らすので、小春はいつもよりも少し遅めのペースで走った。

普段一緒に走る夕花は試合ではあまり目立たないものの、実はとても肺が強く、一キロほど走ると「体が温まった」と言ってぐんぐんスピードを上げ始める。そんな彼女についていこうと小春も足を速めるが、大抵は二キロの折り返し地点に届く手前で振り切られた。そんな風に焦り気味のランニングを長く続けてきたせいか、自分よりもペースの遅い葵に合わせて走るのは新鮮だった。普段は気にも止めない風景が、やけに染みいるように目に入る。散歩をする人の背中、川べりに茂った植物の群生、そばのマンションのベランダで洗濯物を取り込む主婦の腕。一つ一つへと意識が向く分、走る距離がいつもよりも長く感じる。空を映した川が茜から群青へと色合いを変え、やがて真っ暗に沈んだ水面に涼しく光る月が浮かんだ。

「戻ったらコーチに報告して、今日はもう解散だから。あと一息」

残り五百メートルほどの地点で呼びかけると、しゃべるのも辛いのか、葵は無言でうんうんと頭を上下させた。その間にも次々と他の部員に追い抜かれる。すでにあらかたの生徒が下校し、しんと静まり返った校門に辿りついたのは小春たちが最後だった。あまりに遅い、と痺れを切らせたのか、夕花の姿も見当たらない。鉄製の門扉をスライドさせるレーンをゴールに見立てて飛び越える。疲れ切った葵は両手を膝に当て、ひゅうひゅうと喉を鳴らしながら咳き込んだ。

「おつかれ」

苦しげな背中に片手を弾ませてねぎらう。葵は唾を飲み、ふたたび無言で頷いた。しばらくして、その姿勢のまま、まだ呼吸が整わない掠れ声で切り出した。

「教室、で、話しかけないから。そっちも、話しかけないで」

もしかしたら走っている最中に、ずっとこれを言おう言おうと考えていたのかも知れない。そんな性急な切り出し方だった。疼いていた不安を的確に刺し貫かれ、小春は口をつぐんだ。

ようやく咳を止め、大きく胸をふくらませた葵は、汗だくの顔を持ち上げて強く光る目で小春を見た。

「でも、部活で……今みたいに、あんまり人がいないときとか、話してくれるのは、うれしい。私も、小春、が、変に誤解されたり、とか、変に心配しないで、……いいし」

小春の名前を、本当に呼びづらそうに呼んだ。変に、変に、とまるで何かを断定するのを嫌がるような調子で言う。葵は何を指して「誤解」と言ったのだろう。小春まで宗教にはまっていると思われる、という意味だろうか。口火を切った瞬間は凛と輝くようだった葵の目は、少しずつ、少しずつ、まるで返事を恐れるように目線の先を小春の目から口元へとずらしていった。

目の前の、会って間もない同学年の少女が、たくさんの躊躇《ちゅうちょ》や怯えを押し切り、傷つくことを半ば覚悟しながら心を乱してしゃべっている。そのことに小春は呆然とした。けれど、だからって、クラスメイトの前で堂々と葵と仲良くする勇気は持てない。昼休みにクラスを凍てつかせた沈黙は、今もしっかりと耳に残っている。

わかった、そうする、と辛《かろ》うじて頷く。すると、葵はあからさまにほっとした様子で口元を和ませた。

「このあとなんだっけ、コーチに報告？」

「そう、行こう」

小走りに体育教官室へ向かい、コーチに戻ってきた旨を伝えた。ウェットティッシュで汗を拭いて制服に着替え、部室を出る。

帰り道には話題がなかった。お祈り、あれ、なんなの、と聞けるほど葵のことを親しく感じているわけではない。葵は葵で唇を結び、むっつりと黙り込んでいた。

二十分ほど暗い道を歩き、不意に「かわべり」と葵が言った。

「川べりの、ジョギングコースのそばに植えられてるの、ぜんぶ桜の木なんだ」

「あ、うん」

「満開の時に走りたかったな」

「今年は散るのが早かったから。来年は走れるよ。うちら、春休み中もランニングしてたし」

「来年かあ」

葵が言う「来年」は、まるでなかなか行くことが出来ない遠い国の名前のような、色の濃い響きがした。三百六十五日、ぼうっと寝たり起きたりしていれば、必ず来年は来るのに。なぜだろう、と思ううちに駅へと続く広い通りへ出た。私のうちあっちだから、と別の道を指差す葵に手を振って別れ、小春は煌々《こうこう》と光るドラッグストアを素通りし、坂を上って家へ帰った。

　名前で呼ばれ、名前で呼ぶ。そんな、かすかな流れが出来たものの、葵が実際に小春を名前呼びすることは滅多になかった。そして小春の方も、人前では葵を名前で呼べなかった。葵は変わらず昼食のたびに一人でお祈りを続け、必要最低限の会話を交わす以外はクラスメイトから遠巻きにされていた。胸で十字を描く彼女の周りには、誰もその内部へ寄せ付けない透明な壁がある気がした。

　小春が唯一、葵と気兼ねせず接することが出来るのは、部活のランニングの時だけだった。葵は自分が持久走が不得意で、他の部員より戻ってくるのに時間がかかることをよくわかっており、一つ前のミニゲームが終わるとさっさと準備体操をして、早めに出発する癖を付け始めた。すると遅れて準備体操を終えた小春が出発し、一キロ付近で夕花について行けなくなった後、だいたい折り返し地点の橋の近くで葵に追いつくことになる。

「やっほ、葵」

　呼びかけに、葵は答えない。呼吸を乱してなかなかしゃべる余裕がないのだろう。見るからに喉が辛そうな様子で小春の方へと目を動かし、無言で頷く。

「調子は？」

今度は首を振る。苦しいらしい。少し間を置いて、は、と鋭く息を吸い、おもむろに口を開いた。

「でも、夕焼け、いいね」

「あー、ね。日が延びたね。夏だ」

「あつい」

「ねー」

横に並ぶと、無意識のうちに歩調が揃う。たったったった、と楽器のように足音が重なる。お昼のお祈りを別にすれば、やっぱり小春は葵に好感を持った。同級生より大人びて堂々としている。余分なことを言わず、だけど冷たいわけじゃない。一緒にいるとなんだか落ちつく。あれがなければ友達になれるのに、と思う。

葵の走る速度はやはり小春にとって少し遅かった。遅れ気味に出発してほとんどの部員をごぼう抜きにする理緒。スロースターターで粘り強い夕花。運動部女子のちょうど平均ぐらいだろう自分。長距離が苦手な葵。ちょうどいい速度はみんなそれぞれだ。しばらく葵に併走して橙一色となった河川敷の風景を楽しみ、それじゃ行くね、と膝に力を入れる。葵は小春を見返し、うん、と浅く顎を引いた。部活は月水金土の週四日。週に四回、たった数分の接点が、いつしか小春にとって楽しみなものとなっていた。

無事にコースを走り終え、校門の前で夕花と落ち合う。一人で先に帰ってしまった日は、観たい歌番組に間に合わなくなりそうだったらしい。汗だくになった小春を見つめ、にっこりと笑う。お疲れー、帰りにアイスを食べようよ。んじゃ、サーティワン寄る？　他愛もない会話を重ねながら並んで教官室の方へと歩いて行く。いつもと同じ、何も変わらない。胸で呟いて、小春は夕花の横顔を覗いた。何も変わらないけれど、夕花は最近、あまり目を合わせてくれない気がする。

梅雨明け宣言から間もない日曜日、リビングに置いてあった成久の携帯電話が鳴った。読みかけの漫画を閉じ、小春はピリリリリ、と単調な呼び出し音を繰り返す機体をソースの匂いが充満した台所へ持っていく。今日の昼食は焼きそばだ。

「パパぁ、鳴ってる」

「おお」

コンロの火を止め、成久はその場で携帯を耳へと当てた。どうやら仕事絡みの連絡らしい。声の調子が変わるので、小春にはすぐにわかる。家では口数が少なく、そんなに笑う方ではないのに、事務所の部下と話す時、成久はどこか能天気で愛想の良い声を出す。自分よりも若い部下が多いというから、その人たちにトーンを合わせているのかも知れない。

「ふんふん、断ってもパンフレットと変なお札を残していって、また来週来ると。まあ、上京したばかりの女の子じゃそりゃこわがるよな。なんて宗教団体だ？　救いの船？　またあそこか」

そうしゃべり返す間にも、成久は空いた片手で器用に焼きそばを皿へ盛りつけ、油の残ったフライパンに卵を二つ割り落とす。料理の仕上がりが近いことを察し、小春はテーブルの上を片付けて冷蔵庫から麦茶を取り出した。

数分後、通話を終えた成久は半熟の目玉焼きをのせた特製の焼きそばをテーブルへ運んだ。小春もいつもの席へ座り、いただきます、と手を合わせる。普段、食事中はテレビを眺めるばかりで、小春と成久の間に目立った会話はない。

だからその時、小春が葵について話す気になったのはまったくの気まぐれだった。宗教という言葉に耳が敏感になっていたのかも知れない。葵に対する、なかなか定まらない感情をまとめるための、ヒントが欲しかったというのもある。

「あのさーうちのクラスにもさー、んっと、……宗教の子？　がいるよ。お昼にごはん食べるとき、いつもこんな、十字架っぽく指動かして、お祈りしてる」

説明がむずかしい。宗教がこの家の話題として上ったことなど一度もなく、成久がこの話題にどう反応するのか、まったくわからない。万が一にも「娘は妙な宗教にはまっているのか？」などと誤解されたらイヤなので、しゃべる言葉に宗教や葵に対する自分個人の好悪《こうお》を乗せたくない。すると今度は、まるで他人事のようなあやふやで芯の定まらない物言いしかできなくなる。

しかしそんな考慮もむなしく、宗教と聞いた瞬間、成久の眉間に薄いしわが寄った。

「お前、変な勧誘とか受けてないだろうな。最近多いんだそういうの。いいか、うちは無宗教だからな。その子になにか誘われたらきっぱり断れよ。家に行くのもダメだ」

言葉でぱちんと頬を叩かれた気がした。そうか。葵と仲良くしたらなにか厄介な宗教勧誘を受けたり、父親にも迷惑をかけたり、もしかしたら洗脳で頭の中をいじくられたり、するのだろうか。するのかも知れない。誰よりも近い肉親が言うのだから、そうなのかも知れない。

でもそれらの物騒な想像は、実際に日々顔を合わせ、一緒にしゃべりながらランニングをする葵の横顔と、どうしても結びつかない。急に、おいしいはずの焼きそばが喉につかえた。細かく細かく嚙みくだき、息を止めてごくりと飲み下す。

その夜は妙に目が冴えて眠れず、小春は部屋の暗さに慣れた目で長いこと枕へのせた自分の指先を見つめていた。

幼稚園の年長組か、小学校の低学年か、それくらいの年の頃だ。母の実家の前で縄跳びをしていたら、見知らぬ初老の男性が話しかけてきた。スーツを着た、様子のいい人だった。そこの子かい、と実家の建物を指差す。近所の人には礼儀正しくね、と祖母に言われていたので、こくりと頷いた。ってことは、朝子の子かい。母の名前を知る人は小春を見るたび、いつも深刻そうに眉をひそめて「お悔やみ」を言ってくれるので、なおさら礼儀正しく頷いた。

男性は何度か頷き、じっと小春を見つめるとおもむろに口を開いた。朝子っていうのは昔から年長者を敬わない、ツンと澄ました礼儀知らずのイヤな女だったよ、死んだんだってね、やっぱり神さまはちゃんと見てるねえ。お前、朝子の娘で、しかもあのぼーっとした頭の悪そうな父親にこれから一人で育てられるんだろう？　じゃあ、お前もさぞろくでもない人間に育つんだろうね。そうなりたくなかったら、ほら、私に挨拶しな、大きな声でだよ、ほら、ほら、聞こえないのか？　頭の悪いやつだな、ほら。

細い目を見開いてせき立てる男が、鳥肌が立つほどこわかった。こんにちは、と小さな声で言った。もっとだよばか、もっと。促されて、もう少し大きな声でこんにちはっ、と言った。なんど言い直させられたかわからない。やがて男は、これからも道で会ったらちゃんと挨拶するんだぞ、じゃないとろくな人間にならないぞ、と言って満足そうに背を向けた。それからは母の実家に遊びに行っても二度と家から出なかった。

枕に唇を押しつけて死ね、と呟く。死ね、死ね、ジジイ、死ね。あの男を罵れるようになったのはここ数年のことだ。それまではあまりにこわくて、気持ちが悪くて、思い返すことも出来なかった。あの時、幼い自分があんな暴言を受けるいわれなど、どこにもなかったはずだ。だからあの男の方がおかしい。おかしかった。そう石を飲み下すように決めたら、今度はまっ黒い憎悪が膨れあがって体が破けそうになった。あの男のおもちゃにされた嫌悪感が消えない。死ね、死ね、死ね。

それからだ。目の前にあるものをどう思うか、良いか、悪いか、他人に流されるよりも自分で決めたいと思うようになった。だって、欠片《かけら》でもあの男の言うことに流されたら、欠けた家庭に育つ自分はろくでもない大人になるのかも知れないと、少しでも思ってしまったら、悪意に潰されてしまう。枕にのせた指の先をじっと見直す。丸い、子供の指だ。嫌だと思う。早く、早く、あのジジイを口でも拳でもぎたぎたに叩きのめせるようになりたい。葵を好きになるのか遠ざけるのか、一人で決められる大人になりたい。目を伏せた瞬間、じくりと肋骨の一部が痛んだ。

それでも、あのジジイの言う通り、私の骨には他の子が抱えることのない、ろくでもない飢餓が巣くっていた。

ううと獣じみた唸《うな》り声を上げ、小春は窓が白むまで寝返りを続けた。

夏休みが始まる少し前の日、自分の席へ戻ると机の中に見慣れない手紙が入っていた。教科書と教科書の間に押し込まれていた、クリーム色の封筒をひっくり返す。四角張った藍色の字で烏山悠都《からすやまゆうと》と名前が書かれていた。隣のクラスの男の子だ。封筒はきちんと糊づけされている。その場では開かず、次の休み時間にトイレで封を切った。

二年A組　津村小春さん
いきなり手紙を書いてごめんなさい。
去年の調理実習で一緒になってから津村さんのことがずっと好きです。
もし良ければ、放課後に図書室の一番奥のテーブルに来てください。
待っています。

ラブレターをもらったのだ、と少し遅れて気づいた。ざ、と音を立てて皮膚の内側、筋肉の隙間から血管の内側まで、ありとあらゆる空洞をこまかな花が満たしていく。体中が熱い。痛いくらいだ。

烏山悠都は確か、少し大柄な子だ。無口で目立たない。あまりしゃべった覚えもない。それなのに、彼の方は手紙を寄越すぐらい気持ちをふくらませてくれていたのだと思うと、ひどく不思議な気分になった。競泳用のプールを懸命に泳ぎきり、水から顔を浮かせた瞬間に、隣のレーンで同時に泳いでいた人がいたとようやく気づくような、少し力の抜ける不思議さ。その足元のおぼつかない感覚と、目の眩むような興奮とが混ざり合って、うまくものが考えられない。

ちょうど部活のない日だったため、終礼後に掃除を済ませてから図書室の一番奥のテーブルへ向かった。悠都は両耳に白いイヤホンを差し込み、両腕を枕にして机に突っ伏していた。角張った肩へと手を当て、揺する。肩は布越しだというのに熱い。悠都はまばたきをしながら顔を上げた。小春の顔を見て目を見開き、唇を「あ」の形に開いた。

「なに聴いてるの？」

聞こえなかったのか、悠都は黙ってイヤホンを耳から抜いて鞄へしまった。あまり小春の方を見ない、硬く素っ気ない動きだった。

「呼び出してごめん」

「ううん」

「駅まで一緒に行こう」

立ち上がると、彼は小春よりも拳一つ分ほど背が高い。確か将棋部か書道部か、そんな文化系の部活のはずだが、運動部の男子のように体が骨ばっていて大きい。何度かすれ違ったことはあるけれど、こんなに意識的に顔を見るのは初めてだ。目は淡白な一重で、睫《まつげ》が短く、頬骨の上に薄くそばかすが散っていて、けして華のある顔立ちとは言えないものの、がっしりとした鼻の形は感じが良かった。嫌ではないな、と水の味を確かめるように思いながら、小春は悠都に続いて図書室を出た。

会話はほとんどなかった。一緒に帰ろうというくせに悠都は大柄な分、歩幅が大きく、うかうかすると小春はすぐに遅れてしまう。ちょっと速いよ、と告げると弾かれたように顔を上げ、足運びを遅くした。駅にはすぐ着いてしまった。悠都は少し困った顔で改札の前を通りすぎ、そばの脇道へ小春を招いた。

「津村さん」

「うん」

「返事、とか、もらえたら」

ていねいな人だな、と思った。ずっと奥歯を嚙んだようなしかめ面なのは、緊張しているからだろうか。小春は悠都のそばかすの辺りを見つめた。

「ちょっと、聞いてもいい？」

「どうぞ」

「さっきなに聴いてたの？」

「え？　あ、ああ」

　意外そうにまばたきをして、悠都はイヤホンをしまっている鞄の外側のポケットをぽんと叩いた。一瞬、言葉を続けるのをためらうように唇を開き、閉じ、また開く。

「クラシック。親父が好きで、それで、つられて」

「へええー」

　変わっている。そんな趣味の同級生なんていたのか。目に驚きがにじんでいたらしく、悠都は居心地悪そうに目をそらした。

「もう一つ聞いていい？　手紙、気づかなかったらどうする気だったの」

　悠都の手紙は、教科書に挟まれた少しわかりにくい位置に差し込まれていた。机を動かす掃除の時間などにこぼれ落ちてしまうのを用心したのかも知れないが、今日見つけられたのは本当に偶然だ。

　悠都は大きな手で首の後ろを掻いた。

「いや、今日、三日目」

「えっ」

「実は、昨日も、おとついも、最終下校時刻まであの席で待ってた。……だから、昼に廊下ですれ違うとき、緊張で頭がんがんした」

しかめ面がほろりと崩れ、困ったようにはにかんだ顔の、頬から耳までがほんのりと赤い。それを見て、この人変だけど少しいいな、と思った。私が手紙を読んでも無視するかもとか、そんな意地の悪いこと、ぜんぜん考えなかったんだろうな。プールの、自分とは全然違う、遠いレーンを泳いできた人だ。夏休み中に、映画に行く約束をして別れた。

バスケ部の夏合宿は、毎年コーチの出身地である千葉県沿岸部の海辺の町を訪れることになっている。いつも招待してくれる宿泊施設のオーナーがコーチの昔馴染みだとかで、学生用の大部屋を他よりもだいぶ安い価格で提供してくれているらしい。交通費は多少かかるが、山がちな県で育った小春たちにとって、合宿は視界いっぱいに広がる青い海を存分に味わえる貴重な機会だった。焼けた砂浜を走る地獄のランニングすら、真横に海があると思えば楽しい。休憩時間にはみな先を争うようにジャージの裾をまくって、波打ち際へと駆けだした。

宿の食事も、近くの漁港でとれる魚が中心だった。イワシのフライ、サンマの塩焼き、サバのみりん干し。朝練、昼練、夜練と一日三度の練習でおなかを減らした部員たちは、出てくる料理を掻き込むように片っ端から平らげる。

初日の夕飯時、食堂へ向かう途中に小春は葵の袖を引いた。さりげなく他の部員から遠ざかって話しかける。

切り出すのに、勇気が要った。硬い靴で路面を蹴るように、コツコツと心臓が高い音を立てて鳴る。でも、一日にたった数分でも、親しく歩調を揃えて走ってきたのだ。

「お祈り、合宿中は止めない？　ほら、他の部員がびっくりするかも知れないし」

理緒と夕花を除く部活のメンバーは、「あの子は変わってるらしい」と聞いたことぐらいはあるのかも知れないが、実際にお祈りの瞬間を見たわけではないので、それほど葵を敬遠しているわけではない。むしろ、バスケのうまさや練習へのひたむきさから、好かれているぐらいだ。そんな信頼関係をわざわざ崩すことはないと思う。

期待を込めて見つめる先、葵は唇を結んでじっと考え込み、やがて静かに首を振った。

「だめなの。ごめん。でも、言ってくれて、ありがとう」

「どうしても？」

「うん」

葵は笑顔の欠片もない仏頂面を崩さない。目だけがしんと光っている。小春は急に、意気込んで放ったシュートが外れた時に似た失望が、みるみる胸の内側を埋めていくのを感じた。それまでにふくらんでいた、軽く温かいものを潰してしまう。

小春ー？　と廊下の先から夕花の声が響いた。今行く、ととっさに返す。そうだ、あちら側に、帰らなければならない。

「じゃあね」

自分でも驚くほど素っ気ない声が出た。小さな冷たいナイフのように、葵の目線を切り落とす。

食堂の隅の席についた葵は、全員で声を揃えた「いただきます」の後、教室と変わらない淡々とした表情で十字を切った。

一瞬周りの部員が顔を見合わせる。その空気が、五人ほど離れた位置に座る小春にも伝わってくる。しかしクラスの担任からなにか聞いていたのか、狙ったように葵の隣に座っていたコーチが「おお塚本、お祈りか。ちゃんと食べものに感謝して偉いなあ」とすかさず言って笑いかけた。それほど特殊なことではない、と言わんばかりの笑い方に、周囲の部員はふたたび驚いた様子で視線を交わし、何人かがふーん、といまだに動揺の残る、けれど無理矢理自分を納得させようとするような相づちを打った。

コーチの言葉に「はあ」「どうも」などと曖昧に頷きながら、葵は涼しい顔で料理を口へ運び続けた。

合宿二日目、三年生の部屋で百物語大会が催されることになった。和室の真ん中に蠟燭を点し、揺れる炎を車座に囲む。嫌がる一年生や二年生も強制参加が義務づけられ、どうしてもこわいという人だけ、徐々に抜けることが許された。

一話目二話目の時点で数人が抜け、三話目、古い旅館に泊まっていたら深夜に枕元を幽霊の行列に横切られた、という話で小春はギブアップした。どうしても今の自分たちの状況と重ねてしまう。もちろんその話を語った三年生は、相乗効果を狙っていたのだろう。薄暗い和室を抜け出す間に振り向くと、まだ座敷では二十人以上の部員が息を吞んで怪談に聞き入っていた。

ひと気のない廊下へ出て、後ろ手に襖を閉める。緊張のせいか、喉がからからに渇いていた。自販機が設置された施設一階のラウンジへ向かう。とうに廊下は消灯され、建物全体がぼんやりとした青い闇に沈んでいる。途中で幽霊の行列が見えてしまうかも知れない、と冷や汗を搔きながら階段を下った。

自販機コーナーの前には人影があった。

「葵」

呼びかけに、Tシャツとハーフパンツ姿の少女が振り返る。手には買ったばかりのC.C.レモンの缶を持っていた。見知った顔を前にして、少し恐怖が薄らぐ。

「おつかれ」

「葵、いつのまに抜け出したの」

「はじめの話が終わったとき」

ぷしっと良い音を立てて缶が開かれた。あ、炭酸飲もう、とつられるように思い、小春はす。コーラを購入した。自販機の光で照らされたベンチに腰を預け、葵に続いてプルタブを起こす。

ああいうのよくない、としかめ面で呟く葵の言葉が、なにを指すのか一瞬わからなかった。

「ああいう話してると、構ってくれる人だと思われて、集まってくる」

言葉の意味を理解して、どっと背中に冷や汗が噴き出した。あまりのこわさに、すがる思いで問いかける。

「あのさ、葵はお祈りとか、してるじゃん。キリスト教？とか、ちゃんと信じてて……そういうのだと、霊とか見えたりするの？」

葵は缶に唇をつけたまま、少し考えて首を振った。

「私は死んだ人は見えない。教団の中でも徳が高い人は見えるって言うけど……代わりに、生きてる人のオーラは見えるよ」

「お、お、オーラ？　あの、ちょっと前にテレビで流行った、スピリチュアルとかそういうの？」

「うん、そう。その人の性格とか、光が強いか弱いかとか」

「光……」

単語が突飛すぎて、鸚鵡《おうむ》返しぐらいしか反応が出来ない。喉を反らして炭酸の缶をあおり、濡れた唇を舐めとってから、葵は小さく溜め息をついた。

「やっぱりわかんない。もしかしたら、見える、見えるもんだって言われて育ったから、見えるって思い込んでるだけかも」

「ええ？」

「わかんない。うちは徳が低い家だからかも……それか、ほんとは偉い人だって実は見えてないのかな……いや、やっぱり見えてるか」

「家に、徳が低いとか高いとか、あるんだ」

「うん。何代も前から入信してるおうちは徳が高くて、お祈りとか、わざわざ口に出さなくても、思うだけでちゃんと神さまに届くの。うちは親の代からだから、ぜんぜん序列が下の方」

「ふーん……」

沈黙を埋めるようにコーラをあおる。だんだん喉が冷たい炭酸に疲れて、飲みたくなくなってきた。まだ半分ほど中身の残った缶の重さを持てあます。葵はもう空になった缶をぺこぺこと親指でへこませながら、立ち去りがたそうに立っている。

あのさ、と小春は口を開いた。

「じゃあ、葵はお祈りをしてるのは、……えっと、家の、徳？　が、低いから、仕方なくなんだよね。その、お昼にお祈りするのって、ぜったいサボれないくらい大事なものなの？　なんか、そのせいでやっぱ、クラスで話しかけにくいっていうか……ちょっと学校では止めたり、時間をずらすとかしても、ほんとに強くて優しい神さまなら、それくらいのことで怒んないんじゃないかな」

お祈りをしなければ自分もクラスメイトも、もっと受け入れやすい。そう言外に込めたつもりだった。葵が自分の宗教に強い自信を持っているわけではなさそうだからこそ、聞くことが出来た。葵は小春と目を合わせないまま、緑色に光る自販機のボタンを見つめている。上の階から、また一つ怪談話が山場を迎えたらしい叫び声が聞こえる。葵は顎を浮かせた。

「盛り上がってる」

「ね」

顔を合わせて、少し笑う。それから葵は、重たい水滴をぽたりと一粒こぼすように言った。

「うち、父さんも母さんも教団で働いてるんだ。もともと信者は母さんだけだったんだけど、私が赤ん坊の頃に父さんの仕事がなくなっちゃって、それで、全国の支部を指導して回る法律系のポストがちょうど空いてるからって誘われて。なりゆきで、家族全員で入信することになって」

教義で決まっているから、とかそんな平たい返事がくるかと思っていた。唐突に家庭の事情を打ち明けられて、小春は少し面食らう。返事に迷い、舌がもたついた。

「そう、なんだ」

「私がお祈りしてないって告げ口されたら、まずいの」

「ええ？　告げ口とか、誰もしないって、わざわざ」

見知らぬ宗教団体の施設に訪ねていって、そちらの塚本さんがクラスでお祈りしていませんと報告する物好きがどこにいる。肩をすくめて笑い飛ばすも、葵はまったく笑わず、硬くぎこちない空気が流れた。

「とにかく、いいの。どうせ、高校卒業したらもう実家とは関係なくなるし」

「そうなんだ」

「うん。就職して、一人暮らしして、お祈りもおしまい」

強く言って、葵は口をつぐんだ。小春には、葵が急いでなにかを畳んだように感じられた。

階段の方が騒がしくなり、何人かの部員が談笑しながら降りてきた。百物語が終わったのだろう。三年生たちと一緒になると気をつかうので、二人ともさりげなくその場を離れた。二年生が寝泊まりする座敷へ戻ると、夕花と他のクラスの一人がおしゃべりをしていて、もう一人はすでに就寝済み、理緒は慕ってくれる一年生の部屋へ遊びに行っていた。おやすみ、おやすみと同室者と声をかけ合い、小春と葵もそれぞれの布団へもぐり込んだ。

二回目のデートで、水族館へ行くことにした。都心へ向かう電車の切符を買い、二人並んで座席に座って、三十分ほど西武池袋線に揺られる。乗客もまばらな車内は午前だというのに日射しが強く、ほとんどの窓にはクリーム色の遮光ブラインドが下ろされていた。

悠都はストライプが入った半袖のシャツにジーンズを合わせた姿だった。学校では小春と同じ、学年共通のゴム部分が青色の上履きを履いているのですぐに中学二年生だとわかるけれど、私服になると少し大人びて見える。単純に、体が大きいせいかも知れない。

小春は薄緑色のパフスリーブのTシャツにカーキ色のキュロットを合わせ、さらに去年の誕生日に成久に買ってもらった、シルバーのハートのネックレスをつけて来た。物心ついた頃から、なぜか寒色系の服ばかり好んで着ている。ピンクとか赤とか、女の子らしい華やかな色はあまり選ばない。

「音楽、聴きたい」

女子同士はよく暇なときにイヤホンを片方ずつ分け合うのだ、と伝える。悠都は多少戸惑った様子で眉を寄せた。

「俺のウォークマン、J-POPとか入ってないよ」

「いいよ、クラシック聴いてみたい」

変わっている、とたびたび言われているのかも知れない。悠都は自分の趣味を人と分けるのが苦手なようだった。ためらい混じりに差し出されたイヤホンを右耳に差し込む。悠都の左耳にコードが繋がって間もなく、聴いたことのある荘厳な曲が流された。

「音楽の時間に聴いたことある」

「うん、有名なやつ」

「これがいちばん好きなの？」

「いや、もっと激しめの方が好き」

「そっちがいい。好きなの聴いてみたい」

女子は好きかなあー、と迷いながら悠都はいくつかの曲を続けて流した。バイオリンを中心としたアップテンポの曲が多く、なんだかゲームの音楽みたいだと思う。途中でふと流れた淋しげなピアノ曲が耳へ残り、曲名を聞いた。すぐに忘れてしまう気がしたので、「ら、かんぱねら」とスマホのメモ機能に打ち込んだ。

いつのまにか肩が触れ合っていた。悠都の肩はいつも熱い。湿気のない、よく日射しに熱せられた石のような熱さだ。目が合うと、彼は少したじろいで口を結ぶ。告白してくれた日のように、表情がさっと硬くなる。簡単に傷つけることが出来てしまう、熱く湿ってほどほどに重い、臓器に似たものを膝に預けられている気分だ。少し気だるく、少し新鮮で、ふくらんだ袖から剝き出しになった腕がぴりぴりする。

水族館は、ふんわりと生臭かった。悠都は深海の生き物を展示した水槽の前で長く足を止め、小春はひたすらプールを泳ぎ回るラッコの動きに見入った。薄暗い館内で、小春は何度か悠都の指が自分の手の方へと泳ぎ、触れる間際で握り込まれるのに気づいた。自分が悠都と手を繫ぎたいのか、そうでもないのか、よくわからなかったので知らないふりをした。

一通り巡り終わり、売店でソフトクリームを食べた。

「手紙に、書いてくれた」

「ん?」

「調理実習って、同じ班だったたっけ」

「隣の班だった」

「ふーん」

どちらかのクラスの授業の進行が遅れ、二クラス合同で調理実習を行ったことがある。隣の班など、ぜんぜん記憶にない。悠都はコーンをかじり、少し考え込んだ。

「ポテトサラダ」

「作ったねー。あと、カレー」

「俺の班はすぐ出来たんだ。確か、津村さんの班は遅れてて」

ふざけてばかり、「次なに？」と聞くばかりで、手を動かさない班員が何名かいたのだ。他の班がもう着席して食べ始めようとしているのになかなかポテトサラダが出来上がらず、いらいらしたのを覚えている。

「確か、津村さんの班ってゆで卵作ってたろ」

「うん、潰してサラダに入れた」

「卵が茹であがったとき、ちょうど俺、ぼーっと見てて」

卵数個をザルで受けながら熱湯を流しへ捨てる。白い湯気が立ちこめる。小春はぼんやりとその景色を思い出す。

「殻を剝こうとして、飯島だったか小林だったか、誰かがあちいって卵から手を離したんだよ。でも、その前で津村さんは普通の顔でぱきぱき殻を剝いてて」

「……おばさんくさかった？」

年の割に生活臭が強い、とは言われたくないことの一つだ。眉をひそめて聞くと、悠都は首を横に振った。

「前の奴が津村さんにあつくねえのって聞いて、津村さんは、あついよ、でもしょうがないじゃん、って返して。そのやりとりを、なんでかすごく覚えてた」

「私、そんなこと言ったっけ」

「言った。なんだろう、あんまり動じない感じがするよな、津村さん」

「そうかなあー」

悠都は肩を揺らして少し笑い、小春を見た。川や湖でも覗き込むような目だった。

小春は悠都の頬に散った薄茶色のそばかすを見返しながら、不思議だ、と思う。私の体の中で起こっていること、もろく黒ずんだ弱い骨が、この真っ黒い目にはまったく違う、力強くて善いものとして映っている。

コーンの包み紙をゴミ箱へ放り、また並んで歩き出した。最後にイルカのショーを見て、水族館にほど近いモスバーガーで遅い昼食をとる。

帰りの電車で、悠都はイヤホンを分けたウォークマンで聞きやすいピアノ曲をたくさん流してくれた。小春が「ら、かんぱねら」に反応したのを覚えていたのだろう。悠都は親切だ。まっすぐに育ち、心にたっぷりとエネルギーが蓄えられている。そんな想像に肋骨の辺りが鈍く痛み、小春はすぐそばの肩へこめかみをのせた。大柄な体が強ばるのがわかる。いつか、ろくでもない私は、預けられた心に爪を食い込ませたくなるかも知れない。そう思いながら目を閉じる。

八月の終わりから雨が続いた。日が経つにつれて生温かい雨粒は徐々に温度を下げ、アスファルトを洗い、蟬の死骸を押し流し、町から夏の熱気を剝ぎ取っていった。

重たげな雨雲がゆっくりと町を通り抜けた日、下校途中に傘を畳んだ小春は制服の袖が長くなった自分たちと同様に、空も装いを変えたことに気づいた。腕を差し入れたらいかにも冷たくて気持ちが良さそうな、澄んだ薄紫色の空が広がっている。ちぎれ雲の端は銀色だ。鼻先をくすぐる香りに振り返れば、マンションの入り口に植えられた金木犀《きんもくせい》がぽつぽつと橙の花を咲かせていた。しっとりと濡れ、雨の匂いと混じり合う。

健康のため、早朝にジョギングをする人が増えています。そんなニュースをたまたま見かけて、葵に声をかけた。葵は十一月下旬に行われる三学年共通のマラソン大会で、足の速い後輩たちに追い抜かされやしないかと気にかけていた。

「バスケ部全体でビリになったら恥ずかしい」

「うちの部は速い子が多いし、ビリでもそんなに恥ずかしくないと思うけど、じゃあ、走ろうか」

少し早めに起きて、河川敷で待ち合わせることにした。あまり無理はせず、いつものルートをゆっくりと辿る。早朝は、草木の香りがとても強い。走る間も呼吸が楽だ。真横では、白い光を湛えた冷たそうな朝の川がするすると音もなく流れていく。

足音を重ねる間は、部活や教室よりもいくぶん気楽な様子で葵が話しかけてくる。

「隣のクラスの子と、付き合ってる？」

「うん」

「おめでとう」

「なんか、よく、わかんなくて」

むずむずする。持ち重りがする。救われる気がする。いっそ捨ててしまいたい気がする。悠都から連想するものが複雑すぎて、うまく口に出来ない。小春が黙ると葵も黙る。けれど、気詰まりな沈黙ではなかった。

週に三度ほどのペースで走り続け、途中から一緒に朝食をとることにした。成久から三百円をもらい、小春はコンビニのサンドイッチとジュースを買う。葵はブルーベリーヨーグルトが好きらしい。

初めて一緒に朝食を買った日、会計を待つ間にレジ横の唐揚げやソーセージの匂いに惹き寄せられ、小春は後ろに並ぶ葵を振り返った。

「フランクフルト食べたいな。半分こしない？」

葵は唇を少しとがらせ、困った顔で首を振った。

「成形肉、食べちゃダメなんだ」

「セイケイニク？」

「うん、ソーセージとか、ああいうお肉。食べられる側のソンゲンを踏みにじるから」

「ふーん……」

おいしいと思って頬ばっていたものの中に、小石が混ざっていたような。かちんと奥歯に触れる硬さに戸惑うような。葵の言葉から時折放たれる違和感には、相変わらず慣れない。

会計を終えて河川敷のベンチへ移動し、コンビニのビニール袋を開いた。葵は指先を胸へと触れさせ、ふと、不思議そうに小春を見た。小春はジュースのパックにストローを差し込みながら、自然と眉間にしわが寄るのを感じる。

「私、告げ口とかしないよ」

「うん……うん、わかってる」

「それでもお祈りするの？」

問いかけながら、まるでお前は線のどちら側だと聞いているみたいだと思う。葵が、小春からすればあまりに遠く、理解できないものを厭《いと》ってくれるなら、仲良くなれる。けれど線のこちら側に来てくれないなら、やっぱり薄い恐怖と違和感がぬぐえない。宗教勧誘、オーラ、光、教団、家の徳。鼓膜に引っかかったまま、嚙み砕けない言葉はたくさんある。葵は胸に手を当てたまま考え込んだ。しばらくしてヨーグルトの蓋を開け、いただきます、とぎこちなく呟いてからスプーンで一口分をすくい取る。

けれど口をつける間際で、葵はスプーンを容器へ戻した。顔をしかめて素早く指で十字を描き、短く聞き取りにくい言葉を唱える。初めて間近で聞いてわかったことだが、葵が呟いている言葉は日本語ではなかった。英語とも、たぶん違う。こういうわけのわからなさが、余計に周囲の恐怖と違和感を煽るのだろう。

お祈りを終えて、葵ははあ、と重い溜め息を落とした。

「自分でもよくわかんない。イヤだ、って思うこともたくさんあるし、いろいろ考えて、高校を卒業したら家から離れようって決めたんだけど」

「……それなら、今はしなくてもいいじゃん」

「うん、でも……しみついてる。すぐには、切りかえられない」

ごめん、と謝られて息が詰まった。謝らせたかったわけでは、ないと思う。

「早く、やめられるようにならなきゃね。お祈りさえしなければ、葵は普通なんだし、協力するから」

　本当はこちら側なのだ、誤解はすぐに解ける、となぐさめるような気持ちで言った。

「うん……」

　頷く葵の横顔は、今までに見たことがないほど青ざめていた。それからは小春が何を話しかけても上の空で、時々頭でも痛むように顔をしかめた。片手でずっと、鞄に付けた船の形のシルバーチャームをいじっている。転校前は海沿いの町に住んでいたというから、なにか思い出の品なのかも知れない。会話が続かず、もそもそと味のしない朝食を食べ終えると、気まずさから小春の方が先にベンチを立った。


　四回目のデートは、映画館だった。近未来を舞台にしたハリウッドのアクション映画を悠都はいたく気に入ったらしく、退館後に寄ったロッテリアで戦闘シーンのかっこよさや哲学的なテーマについて、珍しく饒舌に語った。小春は、最後にずっと戦いを続けてきた主人公が地球をかばって亡くなってしまうのが悲しかった。

「あれじゃあ、残された恋人もさみしいよ」

「そうかな。自分の故郷と恋人を守って死ぬって、なんていうか、ロマンだよ。こう、身も心も使い切る、って感じが」

「ロマン……」

「あの派手な死に方をした主人公より、普通にあの戦争のなか、あっけなく殺された脇役の兵士の方がさみしいと思う。それよりは、もう死んでもいいってぐらい、やることやって死ぬ方がいいなあ」

死んでもいい死に方ってなんだろう、と小春は考え込む。死、と言われて思い浮かぶのは、いつだって記憶に残らない母親のことだ。普通のメーカー勤務で、結婚して、出産して、発病が判明して退職、まもなく死亡。あまり見せ場のある人生だったとは思えない。小春の手元には、母が記した一冊の手帳が残っている。もともとは三冊あったらしい、母の読書記録だ。母が好きだった本の抜粋がたくさん書き込まれている。他人が編んだ言葉を集めるだけ集めて、生かす機会もなく終わった命。何も使い切ることなんて出来なかったはずだ。

目の前でハンバーガーにかぶりついた悠都が不意に顔をしかめ、ちょっと、と断ってバンズのあいだから輪切りにされたトマトを引っ張り出した。小春の視線に気づき、肩をすくめる。

「トマトきらいなんだ。行儀が悪くてごめん」

「いいけど」

「でも、母親がしょっちゅう弁当にミニトマト入れる。いらないいっつってんのに」

「え、じゃあいつも誰かにあげちゃうの？」

「そりゃもう、ふざけんな、俺がこれきらいなの知ってるじゃんって、抗議の意味を込めて毎回残す。ぜったい食わない」

悠都は親子間の他愛もない齟齬《そご》を笑ってもらえると思ったのだろう。けれど小春はうまく笑えなかった。小さなトマトがスーパーボールみたいに空の弁当箱を跳ねている様を想像する。ミニトマト。確か、先日のスーパーでは一パック百九十八円だった。

「お母さん、彩りとか栄養とか考えてるんだよ」

幼稚園時代、成久がまだ図画工作を行うようなぎこちなさで弁当を詰めていた頃から、爪先立ってその手元を見ていた。キャラ弁とか作れないけどこれでどうだ、と何種類ものふりかけを使って白米の上に虹を描いてくれた。トマトを残す、残さないといった些細なことよりも、悠都がそういった庇護にまったくありがたみを感じず、雑に扱っていることを嫌だと感じた。子供っぽい、わかっていない、わがまま、と色の濃い感情がほとばしる。腫れ物が弾けるみたいに、言ってしまった。

「大事にされてるって、なくさないと、わかんないんだ」

口に出した途端に、愕然とした。こんないかにも母無し子めいたこと、一番言いたくなかったはずだ。口に出せば、囚われる。深く骨を蝕むものを認めなければならなくなる。よっぽどひどい顔をしていたのか、悠都は弾かれたようにごめん、と謝った。違う、と首を振り、それからはろくにしゃべらずに駅前まで歩いた。悠都は別れ際までずっと、奥歯を嚙んだようなしかめ面をしていた。

その日の夜は珍しく成久の帰宅が早かった。一時期はずっと夕飯に、同じ弁当屋の弁当ばかり買ってきたのに、最近は定食屋のテイクアウトやコンビニ弁当が多い。とはいえ、父親の周囲の人間関係なんてわかってしまっても気まずいので、あまり詮索しないようにしている。温玉のせ牛丼とインスタントの味噌汁が並ぶ食卓を眺めるうちになんとなく野菜が欲しくなり、小春はスティック状に切ったきゅうりを小鉢へ盛りつけ、味噌を添えた。

紙製の牛丼の器は、押すと簡単に形をたわめる。柴漬けが入ったプラスチックの器は軽い。プラスチックゴミを二袋出すのは今でも少し嫌だ。思ううちに、肋骨の内側でぐうっと硬いものが迫り上がった。胸の真ん中が痛い。泣きたくない。涙を堰き止めるよう、牛丼を口へ詰め込む。

食後、洗い物をしている成久のそばに立って話しかけた。

「パパぁ」

「んー？」

「あのさあ」

言葉に迷って間が空いた。怪訝に思ったのか、成久が水を止めて振り返る。

「どうした」

薄い鉄板が喉を塞いでいる気分だ。けれど、ごめん、と謝る悠都の声が耳に染みついている。葵の青ざめた横顔が頭から離れない。自分たちがなにと格闘しているのかすら、わからない。ゆっくりと息を吸った。

「お母さん、いなくて、別にいいんだけど。ぜんぜんなんにも困らないし、覚えてないし、さみしいとかもないから、いいんだけど。……なんか、たまに、お母さんがいる家の子と話してると、当たり前って思うことが同じじゃなくて、それで、しんどかったり、する。向こうはぜんぜん悪気がないってわかってるのに、言わなきゃいいこと、言ったり……とれない、心の癖みたいなものが……いやで」

ハンドタオルで手を拭きながら、成久はじっと小春を見つめた。小春は慌てて言葉を足した。

「だからって、パパにどうして欲しいとかじゃないから。ただ、聞いて欲しかったっていうか」

「ああ」

流しに腰を預け、成久は娘に向き直る。沈黙の後、口を開いた。

「俺なあ、このあいだ取引先の人に言われたんだよ。ビルとか経営してる、外国籍のオッサンなんだけどな。津村さんあなた、差別とかされたことないでしょう、なんとなくわかるよって」

「サベツ？」

「嫌味とか、そういうんじゃなくて、単純にそう思ったから言ったんだろうな。んで、その通りなんだよ」

言葉を止め、自分の言葉が娘に届いているか確認するように目を覗く。小春はうん、と頷いた。わからないけれど、あと少しでわかるような気がした。

「大人になっても、そういうのあるんだ」

「そりゃあるよ。だから、お前がその、当たり前が違う子と一緒にいて苦しいのは、その通りだろう。向こうだって同じことを考えてるさ。だからって、どっちが悪いとかじゃないんだ」

悪くない、と言われて少しだけ気が楽になる。つまり、自分が悠都と口喧嘩をしてしまうことも、葵のあの奇妙なお祈りを受け入れられないことも、仕方がない、ということだ。違う部分にはお互い触れずに、上手く加減して付き合っていくのが利口なのだろう。それはいかにも大人っぽい考え方な気がする。きっと、この世の賢い人はみんなそうしているのだ。

「わかった、そう考える」

頷くと、成久はおお、と相づちを打って泡のついたスポンジに手を伸ばした。蛇口のコックに触れ、ふと笑いに口元を崩す。

「お前、朝のランニング、続けてて偉いな」

「マラソン大会もうすぐだから」

「コンビニの手前の森林公園で走ってみろよ。紅葉がきれいだし、運がよければ近々いいものが見れるぞ」

「えー、遠回りじゃん」

皿洗いの音を聞きながら、自分の部屋へと戻った。照明を点けると、机の上でスマホが光っている。着信とメールが一件ずつ。発信元は、烏山悠都。おそらく、電話が通じなかったため、メールに切りかえたのだろう。新着の一通を開くと、丹念に言葉を選んだだろうとわかる、硬い文面が画面にあふれた。

『今日は失礼なことを言ってごめんなさい。小春さんの家庭のことを考えれば、ぜったいに言ってはいけないことでした。親のありがたみとか』

そこまで読んで、小春はたまらずスマホの画面を暗くした。違う、と思う。最近ではデートのたびに悠都が聴かせてくれる、柔らかいピアノ曲が頭をよぎる。好みに合わせて、いろいろと探してくれているらしい。聴いているうちになぜだか肩の力が抜けて、ふうっと眠くなってくる。自分を好きでいてくれる誰かが、無造作に、当たり前のこととして差し出してくれるもの。

違うのだ、と強く思う。悠都は親を亡くす年でもない、たった十四歳で、ごく普通に両方の親が揃っているのだから、わざわざ親のありがたみなんて馬鹿げたことを考えなくて、いいのだ。それは小春の荷物だ。そして悠都がたまたまこの先、そういう巡り合わせになったら、自分の荷物として考えればいい。だけど、負う義務もない状態でそれを無理に考えさせるのは、とてもひどいことのような気がした。悠都が放つ、透明で清々しい素直さが好きだ。周囲の人間を信じていて、眩しい。とても大切なもののように感じる。それは、自分の黒々とした骨の染みからもっとも縁遠いものだ。遠いままで、いて欲しい。

手にしたスマホが、ずっしりと重い。送られたものは読まなければならない。胸に重い金属が溜まっている気分でスマホの画面を点した。そこには、無神経なことを言った、これからは親についてちゃんと考える、という反省と、許して欲しい、という謝罪が痛ましいほどの必死さで書き込まれていた。悠都は、一体どんな顔をしてこのメールを書いたのだろう。

どっちが悪いとかじゃないんだ、と成久は言った。利口な生き方、違う部分は加減して。そんな小綺麗な思いつきが、悠都のメールの前にはなんの力もなく砕け散る。生まれて初めて、小春は自分に矢が届いたのを感じた。尾羽に細い糸を結び、遠い場所から放たれたそれは、強く、強く、小春に関わりたい、と訴えながら骨の間近へと食い込んだ。張りつめた糸から、悠都の怯えと震えが伝わる。ものすごく苦しくて、ものすごく重い。けれど、全身に鳥肌が立つほど、嬉しい。

だからといって、何を返せばいいだろう。母がいないということについて、長いメールを送ったところで余計に困惑させるだけだ。小春さんごめん、俺わかってなかったごめん、と筋違いの謝罪を強いてしまうだけだ。

違う、わかってもらうのではなく、小春の方が変わるべきなのだ。大人になって、骨へと染みたろくでもない飢餓を消すべきなのだ。まともで普通な、偏りのない一人になる。そうすれば、悠都を痛めないで済む。自分もなんにも後ろめたさを負わずに、他人と向き合うことができる。

ひたいを押さえ、小春は低く呻いた。目の前が塗り潰されたように黒くなる。骨どころか、肉も、皮膚も、頭の中も。その晩、いくら考えても返信は思いつかなかった。

いつのまにか、コンビニのレジ前にはおでんのコーナーが出来ていた。はんぺん百五円、と書かれたPOPを見ながら、小春は「これも生き物のソンゲンを踏みにじるセイケイニク扱いなのだろうか」と思う。けれど、背後に並ぶ葵にはなんだか聞きにくい。二人きりの朝食でお祈りをした日から、葵はあからさまに自分の宗教にまつわる話題を避けるようになった。お祈りも、小春に見られるのを嫌がるそぶりで、軽く背中を向けてひそひそと行う。

やるならせめて堂々としていて欲しいし、やらないならすっぱりと止めて欲しい。どっちつかずな葵の情けない背中を見るたび、小春は彼女を好きになるきっかけとなった、打てば澄んだ音色が響くような孤高の強さが失われていく気がした。

会計を済ませ、片手に朝食が入ったコンビニ袋を提げながらいつものベンチへ向かって歩く。一夜が明けてもなお悠都へのメールの返信に悩んでおり、小春はだいぶ寝不足だった。当たり障りのない話題として、昨日隣のクラスで起こった珍事を口にする。

なんでも男子の一人が友人から借りたCDをいつまでも返さず、果てには「家を出るときには鞄に入っていたんだけど、来る途中にいつの間にかなくなった」「もう少し待って、探すから」などとバレバレの嘘をついてCDの持ち主と大喧嘩になったらしい。「ほんとに登校中になくしたんだな？　じゃあ探せよ。見つかるまで、俺も一緒にラブラブのカップルみたいに下校するから」とムキになったCDの持ち主が宣言したというのだから、もはや笑い話だ。

「なんでそんな変な嘘つくんだろうね。なくしたなら素直に言って弁償するとか、そっちのがたぶん楽なのに」

噂で流れている内容をそのまま伝えたものの、隣を歩く葵の顔は晴れなかった。眉間にしわを寄せ、重たげに口を開く。

「なんか、あるんじゃない。なくしちゃったのに弁償するお金がないとか、それなのに親との関係が悪くて言いだしにくいとか、……それかそもそも、そういう細かい嘘がもうクセになっちゃってるとか。なんか、けっこう教団でそういう子いるから、うーん……私はあんまり、笑えないや。嘘をつく子って、嘘をつかなきゃなんないくらい、なんらかの形で追い詰められてる子に、多いよ」

大人びた葵の返答よりも、小春は「教団に他の子供がいる」という内容の方に気を引かれた。これまで食事時にお祈りをする葵をひたすら特殊な存在として捉えていたが、同じようにこの社会のどこかでお祈りをしている子供が、思うよりもたくさんいるということか。そういえば、葵の父親は教団内で法律関係の仕事をして、全国の支部を渡り歩いているのだと聞いた。

「ねえ、その、葵と同じ宗教の子って、この辺りにもけっこういるの？」

葵はちらりと口をすぼめ、迷うような間を空けた。

「そこそこ」

「みんな、葵みたいに、お昼にそれぞれの学校でお祈りしてる感じ？」

「それは、ばらばら。前に言った、家の徳の高さによっては声に出してお祈りしなくていい子もいるし、その子の性格にもよる。気の弱い子は、お祈りしなきゃいけないのにどうしても他の人の前で出来なくて、同じ学校の子に告げ口されて、集会の時に叱られて泣いてるとか、しょっちゅう」

「ハードだね」

「うん。――でもやっぱり、家の徳が高くて、周りにうまく隠せちゃってる子の方が辛そうかな。ほら、教団を信じてるか信じてないかは関係なくさ、仲がいい子に、それを理由に嫌われるのも、しんどいし……だから、一回うまく溶け込んだ子は、自分にそういうのがあるってバレないように、ずっと気をつかってなきゃならない。ぴりぴりしてすごく攻撃的になったり、逆に、教団外の人となに話せばいいのかわからなくてずっとおどおどしてたり。これも、いろいろ」

「葵は、けっこう普通なのに」

呟くと、葵の横顔が陰った。ううん、と曖昧に喉を鳴らしてベンチに座る。コンビニの袋を開き、ふと途方に暮れたような青い顔で小春を見ると、膝にのせた右手の指をぴくりと痙攣させた。わなわなと震えながら、持ち上がった指先が喉元へ触れる。

眉尻が下がった葵の顔は、途端に頼りなく、幼くなった。

「普通に、なれない」

「葵」

「きらわないで」

うつむいた顔から、大粒の涙がぽたぽたと落ちる。小春は腰を浮かせ、両腕で葵の肩を抱いた。細く、簡単に腕が回る、なんの変哲もない中学生の体だった。私も、と川があふれるように思う。私も、私も。

「私、ずっと、ひどいこと言ってたね」

強く抱き締めると、自分の鼻筋からもしずくが落ちた。葵のうなじへ触れて、砕ける。次から次へと、とめどなくこぼれ続けた。

数分後、あまりに長く泣き続けたせいか頭が痛くなる。葵も同じなのだろう。泣き腫らした顔を見合わせて、お互いにこめかみを押さえたままぎこちなく笑った。

「人前でこんなに泣いたの初めて」

「私も」

「なんか、首筋びちゃびちゃなんだけど……」

「ごめん」

「いいの。……いろいろあるね。小春も」

嚙みしめるように呟いて、葵はなにげなく手を浮かせた。小春の頭のてっぺんへと触れて、丸く撫でる。

神さまなんて、自分に母がいないと理解した日から信じていない。だけど生まれて初めて、がんばってる、よくがんばってる、と神さまに撫でられているみたいだと思った。そのくらい、一緒に泣いた同い年の少女の手は温かく、どこまでも小春を許していた。

家に帰ると、小春は着替えとタオルを手に風呂場へ向かった。もう成久は出勤した後だった。大泣きしたせいか全身が気だるく、もうこのまま学校をさぼってしまおうかと思う。ひとまず汗が乾いた体をシャワーで流す。湯の感触に膝から力が抜けて、プラスチックの丸椅子へ座り込んだ。ちょうど鏡と向き合う形になる。

鏡の中の自分と目が合った。いつも親族から母親似だと言われる卵形の顔。

親族だけじゃない。無事希望の中学に合格したと報告した日、担任だった小学校の女性教師は小春を抱き締め、よくがんばったね、と顔を歪めた。ドラッグストアのパートのおばさんはいつもたくさん話しかけてくる。友人の母親たちはいつだって親切すぎるくらい小春に親切だ。哀れそうに扱われるたび、わずらわしくて仕方がなかった。憎む。なにも欠けていない。よくある。普通。そう言って、振り払いたかった。けれど、なかったことには出来ない。黒い飢餓も、葵がお祈りを止められないことも。否応なく骨へと染みた、色とりどりのものたち。

私を取り巻く大人たちは、哀れんでいたのではなく、ただ、その途方もない理不尽について、私が気づくよりも先に知っていたのだ。黒い瞳が鏡の中から見返してくる。私と似た女の人が、かつてこの家で暮らしていた。背にシャワーを浴びたまま、お母さん、といない人を呼んだ。もっと、話してみたかった。忘れたくなかった。おにぎりを食べたかった。ずっと、そう思ったらみじめだと思っていた。

会いたい。生まれて初めて、自分を撫でる心地で思った途端、涙腺が壊れたかのような勢いで両目から温度の高い涙があふれた。

風呂から上がり、小春はベッドへ墜落するように倒れ込んだ。深い、深い、傷んだ細胞がぷつぷつと再生していく音が聞こえるような重量のある眠りへ沈んでいく。何度か様子をうかがう成久の声が聞こえた気もするが、まるでしんと冷えた沼底にいるみたいに、なにもかもが遠くて、応じる気にならなかった。

どこかで鈴が鳴っている。り、り、り、と細かな音を立てて震えている。それに引かれて、ゆっくりと目を開いた。それでも気持ちのいい泥に全身がとっぷりと埋もれていて、水面の光は見当たらない。

り、り、り、が少しずつ大きくなる。

生暖かい闇の果てから、いくつもの欠片に分かれた黄金色の光が音もなく降り落ちてきた。薄く平べったい、手のひらほどの大きさの光が、くるくるとひるがえりながら押し寄せる。運動会で時折目にする、紙吹雪とどこか似ている。欠片の一つを手で受け取ろうとするも、触れた途端にふわりと砕けて消えてしまう。そうだ、光が降ってくる方向が水面だ。そう気づいて、ゆっくりと泥を掻いた。深い沼から、浮き上がる。

鈴の音は枕元に置いたスマホの着信音だった。体を起こすと、頭がすっきりと軽い。とてもいい夢を見ていた気がする。ここ数日の疲れもきれいに取れた。鳴り続けるスマホを取ってディスプレイを覗く。時刻は午後八時。発信者は、鳥山悠都。ぱちん、とこめかみに小さな火花が散ったみたいに、一瞬で目が覚めた。急いで通話ボタンを押す。

「はい」

『俺、……です』

「うん」

『小春さん、だいじょうぶ？　今日、休んだって聞いて。てか、今もしかして寝てた？』

「だいじょうぶ。電話くれてありがとう。ちょっといろいろあって、疲れちゃって、一日だけ休んだの」

『……のさ、疲れたのって、もしかして、俺のせい？　なんか、すげー重いメール送ったかもって、反省してた』

回線の向こう、気まずげに頭を押さえる姿が見える気がした。低く気持ちのいい声が、じわりじわりと鼓膜へ染みる。

「早く、登校して、会いたい」

『え？』

「メール、嬉しかった」

『なら、よかった。いや、てか、違う、読んでくれて、ありがとう』

「ううん。……またピアノの曲、聴かせて」

『わかった。選んどくから、ゆっくり休んで。明日、元気に学校来てな』

おやすみ、と声をかけ合って通話を切った。カーテンの隙間から月明かりが射し込む、薄暗い部屋をぼうっと眺める。

まぶたの裏に、降り落ちてくる黄金色が残っている。明日の予定を考えるうちに、ふいに成久が言っていたことを思い出した。森林公園は紅葉がきれいで、ジョギングに向いているらしい。さっそくスマホを持ち直し、明日行ってみないか、と葵へ誘いのメールを打つ。数分後、軽快なメロディと共に機体のランプが輝いた。


森林公園は全体の樹木が見事に紅葉していた。こんな場所あったんだ、とストレッチをしながら葵が目を丸くする。カエデ、イチョウ、ブナ。さまざまな種類の木が形の異なる木の葉をはらはらと風に流している。遊歩道を一周して一・五キロ、と看板が出されているので、二周したらちょうどいいかも知れない。一周目は心もちゆっくりめに、体が温まった二周目は少しスピードを上げた。

気づかないうちに、葵は小春にとって一番ちょうどいい速度についてこられるようになっていた。浅い呼吸を繰り返しながら、黄金の壁に挟まれたかのようなイチョウ並木の道を二人で走る。葵、と走る途中に呼びかけた。

「ずっと、思って、たんだけど」

「うん」

「もしかして、告げ口されるの、理緒か、夕花？」

ただ、ばく然と感じていたことだ。前に葵は、徳の高い家の子は口に出してお祈りをしなくてもいいのだと言った。そして、告げ口をされるからクラスでお祈りを止めることは出来ないと。それなら二人で河川敷で食事をとったときのように、部活の合宿でもお祈りをするかしないか、もう少し迷うそぶりがあってもよかったのではないか。けれど葵は合宿所の食堂で迷わずテーブルの端に座り、クラスでのふるまいと同じように周囲を拒絶しながらお祈りの言葉を唱えていた。

葵は答えなかった。道の端に積もった落ち葉を踏みしめ、走り続ける。小春は顔を歪めた。どちらだろう。理緒なら到底許せない。自分から葵を爪弾きにする流れを作っていた。夕花だとしてもなんだか嫌だ。ずっと友人だったのに、隠しごとをされていたことになる。そういえば小春と葵が一緒にいるときは、どちらもあまり近づいてこない。首筋が怒りで火照った。思わず声が大きくなる。

「ひきょう、じゃん！」

「そんなことない」

「自分だけ、違うって顔して、何回も嘘ついて」

「私だって、逆だったら、同じこと、したかも知れない。ここで暮らしていく人と、私みたいな、引っ越しの多い立場じゃ、ぜんぜん、違う。自分たちが他の人と違うって、少しでもこわく思ったら、誰だって、必死に、なる」

しゃべっているせいで二人とも呼吸が荒くなる。は、とすばやく息を吸い、葵は続けた。

「強く、強く、なんのうたがいもなく怒ったり、責めたり出来る、のは、その物事に関わりがない人」

関わりがない、と言葉で線を引かれた気がした。ざあ、と音を立てて血の気が引いていく。ああ、ずっとその物事の中で生きてきた人の言葉は強い。親しければ親しいほど鋭く頬を打ち、お前は何も知らない、と胸を衝く力を持っている。きっと私に怒鳴られた悠都もこんな心細い思いをしたんだ、とようやく気づく。すると葵は呼吸を乱しながら、でも、と続けた。

「仕方ないって、わかってても、くやしかった。クラスも部活も、あの子と同じになっちゃうって、それでも、バスケ、続けたかった。だから、この学校では、あきらめてた」

強く冷たい風が吹いた。道の先まで続くイチョウ並木が一斉に葉を散らし始める。朝日を受けて、きらきらと光る。夢と同じ景色に、小春は瞬きをした。無数の黄金色が自分たちを包んで、守っているみたいだった。体中が熱い湯のような喜びで満たされ、あふれ、ほとばしり、傷んだ骨を抱えたまま、どこまでだって走っていける気がした。

足音を重ねた葵が濡れた声で続ける。

「友達ができるなんて、思わなかった」

振り返ると、彼女はぎゅっと奥歯を嚙んでなにかを堪えるような顔をしていた。思わずその手を強く握り、小春は祝福された雨の中をトップスピードで駆け抜けた。


十一月の終わりのマラソン大会で、二人は予想以上の好成績を収めた。小春は去年よりも二十位以上順位を上げ、葵も走り込んだ甲斐があってか、部内平均よりも高い順位を記録した。

喜ぶ間もなく、葵の転校が帰りのホームルームで発表された。学期末が区切りとなるらしい。帰り道で話しかけると、葵は苦く笑った。

「次は、関西。――なんか、次の学校には五十人ぐらいいるらしいから、ここより楽かも」

立場が違う、と言っていたのはこういうことなのだろう。いつのまにかすっかり葉を落とした冬木立を見上げて歩く。空の色が薄い。

思い出したように、ぽつりと葵が言った。

「前の学校だと、部活のランニングってみんなが一列になって一緒に走るものだった。だから、足の速い先輩が先頭の時は、ついていくのがすごく苦しかった」

「いろいろあるんだ」

「うん。ここの学校のは、いいね。スタートとゴールだけ決まってて、それぞれのペースで走れるの。ゆっくり走っても、とばしても、誰も何も言わない」

そういうのがいいな、と呟く横顔はやっぱり同年代の誰よりも大人びて見える。小春はゆっくりと息を吸った。

「桜の時期に、走ってね」

「ん？」

「私も走る。花を見たら、葵も見てるかなって、思うよ」

「ありがとう」

最後の日には、手を握った。葵の手は小春よりも少し薄い。そして、手の甲がすべすべしている。骨にはきっと、同じ黄金色が染みているだろう。そして春には、空一面のうす紅色が、また新しい彩りとなって染み込んでいく。

元気でね、と笑って別れた。葵は何度も振り返り、そのたびに小春は手を振った。

　三学期が始まり、いつのまにか小春は夕花と一緒に昼ごはんを食べなくなった。たまたま委員会だの、他のクラスの友人に呼ばれただのが続き、それぞれが他のグループに混ぜてもらうことが重なるうちに、自然とそうなった。どちらかと言えば、夕花の方が小春から離れたがった節があった。意地の悪い考え方はいくらでも出来た。それか単純に、小春が自分を置いて葵と親しくしていたことを、夕花はずっと嫌がっていたのかも知れない。けれど小春は、ぜったいに夕花と理緒の弁当の中身を見るのは止めよう、と思った。必死、と葵が言った言葉を覚えていた。ソーセージのあるなしを確認したくなかったし、それだけはしてはいけない気がした。

　六回目のデートで、初めて悠都と手を繋いだ。小雪のちらつく寒い日だった。悠都の手は肩と同じく温度が高く、みっしりと骨ばっていた。触れていると、そこから乾いた温かいものが流れ込む気がする。葵の手とは厚みも肌触りもぜんぜん違う。これから自分はどれだけの人の手に触るだろうと小春は思い、けれど悠都の手は、とても好きだと感じた。

　彼は転校した塚本葵のことをほとんど覚えていなかった。浅黒くて小さい人？　とおぼろな印象を頼りなげに語る。

「仲良かったの？」

「うん、良かった。ちょっとかっこいい子だった」

「ふーん。俺も話しかければ良かった」

「きっと、難しかったよ」

映画館から帰る途中に、葉を落とした冬木立が並ぶ森林公園の前へと通りかかった。小春は足を止める。

「ここね、秋になるときれいなの」

言って、かすかに目の奥がにじんだ。音もなく降り注いだ黄金色の雨を思い出す。自分も葵も、大きくて温かな、ひどくなつかしいものに守られているみたいだった。繋いだ手を、強く握る。

「見せたいな」

「じゃあ、見に来よう」

「うん。たぶん、また降ってくれる。きっと、彼氏連れてきたって、喜ぶ」

ええ、なにそれ、と低い声が笑う。なんでもない、と歌うように返して、小春は薄く氷の張った道を歩き出した。

家に帰ると、成久が夕飯の焼きそばを炒めていた。おかえり、風邪が流行ってるからうがいしろ、という声に雑に頷き、小春はフライパンを振るう父親の背中を見つめた。

「パパぁ、私こないだ、ママの夢を見たかも。なんか、きらきらしたイチョウの葉っぱが、たくさん降ってきたの」

がしゃん、と大きな音を立ててフライパンがコンロに落ちた。あたふたと火を止めて振り返った父親は、驚くほど間の抜けた、ひどく嬉しげで目の潤んだ、泣き笑いに似た表情を浮かべていた。

解説——自分と他者との間に

あさのあつこ

彩瀬まるの作品を初めて読んだのは、いつだっただろうか。この作者の若さやデビュー年を考えれば、そんなに昔ではないはずだ。それなのに、はるか遠い昔、まだわたしが十代のころに読んだという記憶、明らかな誤認である記憶が、誤認であると重々わかっていながら執拗に離れない。

はるか遠い昔、十代のわたしは彩瀬まるを読んだ。貪るように読んだ。のめり込み、沈み込み、青春と誰かが勝手に名付けた一時期を支配された。その支配から抜け出して、わたしは一歩一歩大人になり、一歩一歩老いていった。

そんな気がしてならない。

その想いに不思議なほど囚《とら》われてしまう。正直、これは何だと戸惑ってしまうのだ。それは戸惑いであると同時に奇妙なほどの安堵感をもたらしもした。

そうか、わたしはまだ、彩瀬まるに心を乱されるのだ。乱されるほどに、真摯に生きている部分があるのだと。

馬齢であっても羊歳（？）であっても、わたしぐらいの年齢になると生きて重ねた年月はそれなりに重い。傷つかないための諦め癖とか、傷つけないための誤魔化し癖がいつの間にか身に付いてしまう。真剣に物事を考えない。この手に摑《つか》めないものや失ったものに気が付かない振りをする。しかも、巧みに。そんな技も身に付けてしまう。それを悪いとは言い切れない。そうしなければ、生きていけない場合も多々あるのだ。

周りとも自分とも上手く折り合って、心が痛むことをできるだけ遠ざけて、できるならなかったこととして忘れ去って、波風たたないように要領よくやりすごして……大人の知恵とも呼ばれるそんな生き方を嗤《わら》うことはできない。その知恵がないと、この世はたいそう生き辛い場所となるのだ。

だから、いいのだ。それはそれでいい。けれど……。

彩瀬まるの作品群は「……」のところに突き刺さる。けれど、それでは自分の姿はわからない。生き辛い今を呼吸している自分自身を見失ってしまう。

怒りも悲しみも哀しみも、呻《うめ》きも疼《うず》きも生々しさをそぎ落とされ、定形に落とし込まれてしまう。わたしの内側ではなく、外側からの決めごと、「これは感動的な物語だから泣くんだよ」とか「これは従わなければならない決めごとだから従うんだよ」とか「これはみんなが良いと納得しているのだから良いと納得するのだよ」とか……そういう外からの諸々の声にからめ取られてしまう。

わたしの怒りはわたしのものではなく、わたしの哀しみはわたしを素通りしてしまう。わたしは融《と》けて、世間という実体のないものに変わってしまう。

『骨を彩る』はそのタイトルどおり、読んだ者に、触れた者にその人の骨格を強く意識させる。

頭蓋、頸椎《けいつい》、胸骨、鎖骨、肩甲骨、手骨、大腿骨《だいたいこつ》、恥骨。身体《からだ》中のいや心の中にある骨一本一本を確かに感知させてしまうのだ。

自分は自分以外の何者でもない。どこに融け込もうが、透明になろうが骨は残る。誰もその骨からは逃れられない。自分であることから逃げられない。

『骨を彩る』は、そう語る。

劇薬のような作品ではないか。とても怖い、強靭《きょうじん》で、暴力的でさえあると、わたしは感じた。

作者はおそらく、違うと言うだろう。

わたしは何を引きずり出す気も、壊す気も、指し示す気もない。まったく、ない。わたしは、ただ、書かざるを得なかっただけだ。書いて吐き出さなければ生き延びられないと感じただけだ。わたしは救われたかった。そして、わたしを救うのはわたししかいないと気が付いたのだ。だから、書いた。書くより他に、わたしを救い出すどんな手立ても思いつかなかった。

彩瀬まるの声が聞こえる。

『骨を彩る』という作品同様に、静かな声だった。

幻聴？　いや、わたしの耳はちゃんと捉えたのだ。けれど、それは作者ではなく作品自体の声だったのだろうか。

ともかく、わたしはこの作品に乱された。乱されて、十代のわたしが現れた。自分とも他者とも世間とも社会とも、生きるということにも死ぬこととも、うまく距離が取れず、折り合いがつけられず、ぶつかって、ぶつかって、砕けていたわたしだ。我執に振り回され、自己免疫疾患のように自らを痛めつけていたわたしだ。ぶざまで不細工で不器用で、でも、今よりは何倍も真摯に生きていた、真摯に生きることしか知らなかったわたしだ。

わたしは、まだ、あのころのわたしを捨て去っていなかった。〝書く〟ことに縋《すが》り、そこしか途《みち》はないと思い詰めていたわたしを失《なく》したわけではなかったのだ。わたしはまだ引きずっている。だから、書ける。書くべきものを身の内に抱いている。

『骨を彩る』が教えてくれた。

ここに収められた五編は、どれも寡黙だ。饒舌《じょうぜつ》に語るものは一つもない。五編は緩やかに繋《つな》がっている。繋がって、一つの物語を形作る。けれど、一つ一つは決して重なりも、融けもしない。曖昧にもならない。まったく異なった色合いと声音を持つ。それは、この世に同じ人間が絶対に存在しないことと＝（等号）で結ばれる。

人は手を繋ぎ輪になれる。だけど鎖とは違う。一人一人が個々の、別々の姿を持つ。同一にはならないのだ。あなたはあなたであり、わたしはわたしだ。

『骨を彩る』の五編もそうだ。繋がりながら別のもの、他の色に染まらぬものたちだ。繋がるというのは、人々の生きている空間が微妙に重なっているという意味ではない。津村が、玲子が、光恵が、真紀子が、浩太郎が、小春が、葵が、誰もが胸に穴を穿《うが》たれている。その穴から、何かが零《こぼ》れ出している。滴っていく。あるものはさらさらと、あるものは粘度を持ってぽたりぽたりと、あるものは細い糸のように音もなく途切れもなく零れていく。滴っていく。

それらに名を付けるのは簡単かもしれない。喪失、寂寞《せきばく》、悲哀、孤独。名は簡単に付く。でも、無意味だ。この『骨を彩る』だけでなく、彩瀬まるの作品はどれも、安易な名付けからすり抜けてしまうからだ。「嫌だ」「止《や》めろ」と拒むのではなく、レッテルを貼ろうと伸ばした指先から、するりと消えてしまう。

この一冊の中に生きる人々は、名付けようのない零れ、滴りに塗《まみ》れた人たちだ。そういう意味で繋がっている。でも唯一だ。唯一の物語が五つある。

彩瀬まるは、丁寧にとても丁寧に、一つ一つの穴の形を、一滴一滴の雫《しずく》の形を書き留めていこうとした。それしかできない。それだけがやりたい。絞り出すように叫んで……いや、呻いている。

それらが、かけがえのないものであると知っているからだろうか。この手で書き留めなければ、自分の穴が自分の零れ、滴りが自分だけのものであることに、人は気付かぬまま生きてしまうからだろうか。わたしにはわからない。でも、感じはできる。彩瀬まるという作家は、こんなにも丁寧に、懸命に、今ここで生きているわたししたちを貴ぼうとしているのだと。彩瀬自身が生きている今を抱きしめているのだと。

生きることはきれいごとではない。「生きろ」と叫ぶのは、もっときれいごとではない。口先だけの覚悟も責任も負わない「生きろ」の一言は、薄汚い。紛いものの薄汚さだ。そんなものは、誰にも、どこにも届かない。当たり前だけれど。

彩瀬まるは物語を書くことで、責任と覚悟を背負い込んだ。背負い込んだまま、本物の作家として生きる道を選んだ。それは、『骨を彩る』の後、彼女の生み出した作品の数々に触れればわかる。

どうなるのだろうかと思う。

定形の薄っぺらい感動物語、喪失と蘇生の物語と簡単に名付けられる作品、そういうものに寄りかかれるのなら楽だ。誰かが歩いた後の道を行くなら楽だ。

彩瀬まるはそれを選ばない。今まで選ばなかったし、これからも選ぶことはないだろう。選んだのは重荷を背負ったまま、道のない場所を一人で歩くことだ。だから鋭利だ。だから優しい。だから突き刺さり、十代の揺れを引きずり出す。

でも、彩瀬さん、しんどいだろうなあ。

わたしは怖気《おじけ》さえ覚える。そして、寄りかかり、つい歩き易い道へと踏み込もうとする己を恥じる。

面と向かって、わたしがそう告げれば、彩瀬さんは微笑《ほほえ》むかもしれない。静かにかぶりを振って、「違いますよ」と答えるかもしれない。

わたしは、書きたいのです。わたしはまだ、わたしを救ってはいません。生き延びるために、わたしは書くのです。わたしは、わたしを救いたい、それだけなのですよ。

自分を救うことが、物語を生み、他者に触れることに結びついていく。『骨を彩る』は、稀《まれ》なる一冊だ。やはり、稀なる存在だ。

若い疼きとともに、思っている。

——作家

この作品は二〇一三年十一月小社より刊行されたものです。

骨《ほね》を彩《いろど》る

彩瀬《あやせ》まる

平成29年2月10日　初版発行

発行人――石原正康
編集人――袖山満一子
発行所――株式会社幻冬舎
〒151-0051東京都渋谷区千駄ヶ谷4-9-7
電話　03(5411)6222(営業)
　　　03(5411)6211(編集)
振替00120-8-767643
印刷・製本―株式会社 光邦
装丁者――高橋雅之

幻冬舎文庫

ISBN978-4-344-42569-9　C0193　あ-63-1

幻冬舎ホームページアドレス　http://www.gentosha.co.jp/
この本に関するご意見・ご感想をメールでお寄せいただく場合は、comment@gentosha.co.jpまで。